中国故事

（下）

胡锡伟　著

加拿大国际出版社

Canada International Press

书名：中国故事（下）

作者：胡锡伟

出版：加拿大国际出版社

印刷版 ISBN：978-1-990872-40-2

9 781990 872402

电子书 ISBN：978-1-990872-41-9

Title: Chinese Stories (Part 2)

Author: Hu, Xiwei

Publisher: Canadian International Press

Print ISBN: 978-1-990872-40-2

E-Book ISBN: 978-1-990872-41-9

内容简介

本书是中国香港中华文化出版社《中国故事》（上册）中"中国故事"的继续，上下册的内容是从 1945 年开始的故事直到 2023 年。

《中国故事》上册的封面及扉页

作者简介

胡锡伟

浙江宁波人

浙江万里学院计算机专业副教授

宁波市鄞州区作家协会会员

已出版作品：

小说集《学习竞争》

武侠小说《行侠记》

短篇小说集《中国故事 上部》

目 录

中国故事

一

　　1945 年，李翠凤十九岁了。李翠凤她不高不矮，不胖不瘦，清秀的脸庞，高耸的胸脯，走在路上，引来男人们热辣辣的目光，更把一个人的心里弄得痒痒的。这个人与李翠凤住在同一个闾门，叫李中生，是个二十岁的小伙子。李中生和李翠凤都是李家村人，李家村是浙东奉县的一个村庄，三面环山，一面临海，其实三面的山最近也有两公里远，向东南走到海也有一里的路程。剩下的平原地带被划分成许多田地，供李家村及其邻村的村民耕种。李家村有几百户人家，绝大多数姓李。

　　李中生喜欢李翠凤有三年了，自从看到李翠凤的胸部有明显隆起时就开始喜欢她了，但从未向她表白，只把那份意思隐藏在心底。李中生和李翠凤都住在老屋闾门，老屋闾门有二十户人家，大多是穷苦的农民，李中生和李翠凤家也是农民，日子过得很贫苦，但李中生每日能看到李翠凤进进出出的身影，心里也感到一丝满足，总有机会的，李中生这样想。

1

春天到了，满山的杜鹃，同村的李三砍柴回来，送给了李翠凤一束杜鹃花，那花白里透红，红得娇艳，李翠凤显得很高兴，心里却想，要是他送给我就好了。

当晚，李三在路上走着，遇到了李中生，李中生二话不说，冲上来就给了李三一拳，李三大叫："你为什么打我？"李中生却不答话，又是一拳，李三还手，两人打得不可开交，路人拉开才止，李三愤愤道："这是个疯子。"走了。李三却不知道这其实是送花给李翠凤的缘故。

抗战终于胜利了，家家户户放鞭炮庆祝，李家村热闹非凡，李翠凤也很高兴，从此有好日子过了，不用受日本人的气了。这天，李翠凤打扮得很漂亮，穿上了连衣裙，曲线玲珑，把李中生的眼睛都看直了。终于，李中生鼓足勇气，走到李翠凤跟前，对李翠凤说："翠凤，我喜欢你，你做我的女朋友，好吗？"李翠凤说："不好，我喜欢的是李文瀚。"这话就如晴天霹雳，李中生面如死灰，继而咬牙切齿道："李文瀚，好。"

李文瀚何许人也？李翠凤属意的竟是他。李

文瀚也是李家村人，是俞济时的外甥，管俞济时叫姨丈，二十一岁，英俊倜傥，住在元宝阊门，元宝阊门住的都是富贵人家，李翠凤向往的是富贵的生活，所以喜欢的是李文瀚。当时讲究的是门当户对，李文瀚压根正眼也没瞧过李翠凤。

一日，李翠凤等在元宝阊门门口，见李文瀚出来，就走到李文瀚面前，对李文瀚说："文瀚哥，我很仰慕你，让我做你的女朋友，好吗？"李文瀚说："不好，你不是我喜欢的那种女孩子。"李翠凤羞惭回走。

李翠凤找到李中生，对李中生说："中生哥，你上次说的话还算吗？"李中生冷冷地说："什么话？"李翠凤说："你不是要我做你的女朋友，我现在答应你，做你的女朋友。"李中生说："不用了，我不吃人家的剩饭。"李翠凤满面羞惭，回身而走。

李中生看着李翠凤的背影远去，心中恨恨地说："李文瀚，这个仇我一定要报。"

李中生参军去了。

二

　　1976 年，李若蕙四岁了。粉碎"四人帮"的消息传到了李家村，振奋人心，李若蕙的妈妈李曼芝去邻村王家村街上买菜，把还在熟睡中的小若蕙留在了家里，用锁反锁了门，自己抱着两岁大的小儿子若竹上街了。

　　趁这个时候，我们来看一下小若蕙的家。一间朝南的屋子，中间放了张大床，前面是踏床，床右边放了一张圆桌，里面靠墙左边是一个灶台，右边是一个羹橱，再过来是一个大水缸，一个床头橱放在踏床上面，靠西边墙，再前面是一口大乌橱，这时是早上六点半，小若蕙正安静地睡着。

　　时间到了七点半，小若蕙醒了，一看爸爸妈妈都不在，只剩下自己一个人，哇的一声，小若蕙哭了起来，一边哭一边走到门边，想打开那道门，可是却锁住了，小若蕙哭得更厉害了，到了八点钟，李若蕙的妈妈回来了，听到小若蕙的哭声，李曼芝连忙打开门，小若蕙看到妈妈，扑到李曼芝的怀里，带着哭声叫道："阿妈。"李曼芝心疼地说："阿妈回来了，小若蕙不哭了。"

　　小若蕙不哭了，与弟弟一边玩去了。

　　九点半，李曼芝开始烧饭做菜，到了十一点，饭菜都做好了，还给小儿子在柴火堆里熬了一碗粥，十一点半，李若蕙的爸爸李全祥放工回来了。李全祥是生产队长，是个庄稼把式能手，很聪明，什么东西一学就会，会说书，象棋的棋艺在村里也是数一数二，因为看《三侠五义》很喜欢里面的丁兆蕙，所以给大儿子取名为李若蕙。小若蕙看到爸爸回来，叫了声"阿爸"，对李曼芝说："阿妈，阿爸回来了，我们可以吃饭了吗？"李曼芝说："好，吃饭吧。"说完，打开羹罩，李全祥看到有四个菜，油焖茄子，腻洋芋艿，盐水虾蛄，蛋汤，就对李曼芝说："粉碎'四人帮'了，是该庆祝一下。"一家人吃得津津有味。

　　正吃着，有客人来了，李全祥一看，是张老汉。张老汉名叫张有德，五十多岁，是李家村少数的外姓人之一，因钦佩李全祥的聪明能干，与李全祥成了忘年交，经常在午饭后，晚饭后到李全祥家串门。小若蕙见是张老汉，叫了声"叔公"，张老汉说："小若蕙真乖。"张老汉对李全祥说："小若蕙样貌聪慧，骨骼清奇，将来必成大器。"李全祥说："希望如此，如今国家的形势变好了，总有出头之日。"李曼芝说："以后的事情谁也不知道，过好现在吧。"张老汉说："一切都会好起来的，要对国家有信心。"李曼芝说："但愿。"

午饭吃完了，张老汉与李全祥说了会闲话，走了，李全祥又上工了。

小若蕙走到院子的大门口玩耍，李文瀚进来了，小若蕙看到李文瀚，叫了声"阿爷"，李文瀚嗯了一声，进自己的屋里去了。

……（其余内容请看本书上册）

三十一

高中的最后一学期到了，李若蕙开足马力，准备迎接高考。宁波市全市举行了一次模拟考，陆运来全校第一，李若蕙第二，只是物理最后一道题，李若蕙觉得做错了，但老师却改对了，李若蕙也就没有深究。

小阿叔来信了，说生了个女儿，要李若蕙给她取名，说女儿出生的那天，昆明下起了雪，昆明已经有好几年没下雪了。李若蕙就给她取名为李若雪，希望她像雪一样晶莹透彻，李全意收到来信后，就给女儿取名为李若雪。

7 月 7 日，高考开始了，地点在奉县一中，李若蕙他们班由班主任和教政治的裘老师一起带队，7 月 6 日到了奉县县城，在招待所住下。

高考第一天上午，考语文，考完的时候，李若蕙说考得不大好。下午考数学，考完的时候，李若蕙说有一道题做错了，第二天上午物理考完的时候，李若蕙与徐可平、李长丰一对题，发现有好几道题都做错了，尤其最后一道，分值最高，就是模拟考李若蕙做错的那道。

李若蕙正自哀叹，裴老师就对李若蕙说："你怎么每考完一门就说自己考得不好，考完了就不要想了，重要的是考好后面的考试。"这话如同当头棒喝，使李若蕙专心于后面的考试，发挥了正常的水平，李若蕙觉得考得还算不错。

考完回来了，回到寝室，李若蕙才发现寝室遭窃了，李若蕙的相册给偷走了，照片洒落一地，一点对，李若蕙发现三张一等奖学金的合影不见了。

估分填志愿了，李若蕙第一志愿报了浙江大学数学系。

放暑假了，李若蕙回到了李家村。同学们陆陆续续地接到了大学录取通知书，邬莹全省第四，考上了复旦大学中文系，陆运来六百多分，考上了上海交大电子系，李长丰 588 分，考上了南京大学天文学系，徐可平 581 分，考上了南开大学生物系，李若蕙 568 分，物理只得了六十几分，拖了后腿，在学校等了两天，录取通知书还没收到，李若蕙内心忐忑，回到李家村家里。只见父亲李全祥笑容满面，手中拿着录取通知书，对李若蕙说："你被浙江大学数学系录取了，你可以放心了。"李若蕙从未看到父亲如此高兴过。

王丰华考上了青岛海洋大学，邹树岳考上了浙江师范大学，邬志兵和宋碧玉考上了杭州大学，邬兴亮考上了杭州一所高中中专。

8月19日，苏联解体。晚上，李若蕙、李长丰和徐可平走在李家村东南的海塘上，听海涛阵阵，不知中国何去何从，李若蕙感到自己肩负重担。

8月25日，李全祥摆了两桌大学酒，请了亲戚朋友吃饭，亲戚朋友对李若蕙说："你以后不要忘了我们。"李若蕙说："我决不忘记。"

在北京，李中生已进入国家20人集团，得知李若蕙考上了浙江大学，李中生狞笑道："我要李文瀚最有出息的子孙变成最低贱的人。"

（下）

三十二

　　1991 年 9 月 4 日，父亲陪同李若蕙去往杭州浙江大学。李若蕙小心翼翼地保存着八百块钱，一部分是李若蕙考上大学亲戚朋友送的，要交给学校六百块书费学费住宿费，剩下的两百块钱是李若蕙两个月的生活费。到了宁波火车站，在候车大厅，一个乞丐来向李若蕙讨钱，李若蕙给了他五块钱，李若蕙今天心里高兴，于是就多给了一点。

　　坐上火车，到了杭州，坐上了浙大来接新生的汽车，路经西湖，李若蕙就像以前来过似的，感到很熟悉。到了浙大，正是下午，大二的学生迎接李若蕙父子到了宿舍，7 舍-2038，有上下铺八个床位，六个人住，李若蕙住左边靠门的上铺，托运的行李已经送到，李若蕙安置好之后，就与父亲一起购买必需的生活用品，在学校靠大门的空地上，有人在卖学生用品，李若蕙看中了一个录音机，杭州赛格牌的，要 130 元，想到儿子学习英语要用，李全祥狠心买下了。

回到宿舍，同寝室的五个人已经到齐：唐越山，浙江温岭人；刘伟君，浙江富阳人；陆宏，浙江杭州人；袁重才，湖北大冶人；童和，安徽巢湖人。李若蕙与他们各自做了介绍。安置好必需的生活用品后，时间已经到了傍晚，李若蕙和父亲吃过晚饭，李若蕙的父亲与唐越山下了一盘象棋，唐越山也是由他的父亲一起陪同来校，李若蕙与唐越山的父亲聊天，才知道唐越山他家是开家庭皮鞋厂的，到了晚上十点，李若蕙去接待室，父亲睡李若蕙床，过了一夜。

第二日一早，父亲嘱咐了李若蕙几句，回去了。以后，李若蕙就要一个人在杭州生活了。李若蕙去系办报到，才知道全班共有 22 名同学，其中六个女同学，辅导员程运和，研究生在读，班主任李远，中科大毕业的，李丰功，党总支副书记，主管学生工作，李若蕙被指定为班长，党丽为团支书，党丽是个女生，四川自贡人。

大三的学生来推销计算器，李若蕙觉得数学

系应该有用，于是收了班上同学的钱，买了计算器，没想到计算器不合规格，在辅导员的帮助下，退了钱。

第三日上午，举行开学典礼，两千多名新生聚集在邵逸夫体育馆，校长路甬祥勉励同学们好好学习，将来成为祖国的栋梁，全场响起了热烈的掌声，李若蕙也为有路甬祥这样的校长感到自豪，拼命鼓掌，同时暗下决心，将来要成为一个出色的数学家。下午，李若蕙去拜访了邬开兵，大三化工系的，是奉县二中校友。星期日上午八点半，要举行英语分级考，一早，李若蕙在紧张地复习，唐越山过来了，对李若蕙说，这分级考很简单，不用复习，李若蕙也就不再复习了。进了考场，开始考试了，首先是听力，李若蕙如在云里雾里，乱填了一通，后面的考试也没考好，成绩只有 57 分，是预备级，全班就还有一个同学刘伟君是预备级，李若蕙很懊恼，后悔没好好复习。

9 月 9 日星期一，正式上课了。第一学期，数学有三门基础课要学，数学分析，高等代数，空间解析几何，还有普通物理学，中国革命史等课程。第一天，有数学分析课，老师是叶长青副教授，四十多岁的男老师，讲课很有章法，李若蕙能很好地领会。高等代数的老师是张文采，三十岁左右的男老师，讲得很卖力，同学们反映却不好，尤其是女同学，觉得很难懂。

李若蕙选修了一门地球科学概论，同班的还有陆兴邦选修，陆兴邦住在隔壁寝室，江西九江人，是全国高中数学竞赛二等奖获得者，这门选修课要野外考察，李若蕙和陆兴邦经常在一起，成了好朋友。

三十三

一日下午课后，李若蕙呆在寝室，唐越山去宿舍浴室洗澡，洗完回来就在门后换内裤，李若蕙看到唐越山光着的屁股，感到很诧异，心想难道大学生活就是这样的吗，自己洗完澡也就在寝室门后换内裤了。这日邬开兵来访，看到李若蕙洗完澡后在门后换内裤，感到很尴尬。

一个星期天，举行班级活动去玉泉植物园玩，李若蕙和同学们坐在松软的草坪上，要求每人唱一首歌，李若蕙唱了一首齐秦的《大约在冬季》，同学们都给他鼓掌。

这次上数学分析课，学到小数 ε，叶长青老师为了加深同学们的印象，给同学们讲了一个笑话。叶长青这样讲道："有个数学家要去参加国际会议，一个朋友去火车站送行，数学家在候车室看到一个惹人喜爱的小女孩，说道，多么可爱的小伊普史郎，那朋友听了，对数学家说，那边还有一个大伊普史郎，说完，指了指那小女孩的妈妈。"李若蕙和同学们听了哈哈大笑，对 ε 印象更深刻了。

同班的女同学杨小玉长得漂亮，身材也好，与陆宏都是杭州本地人，这个星期六下午，她们带着李若蕙等同学爬起了老和山，上了北高峰，杭州最高的山，下来到了灵隐寺，游玩了一会儿，坐公共汽车回学校，车很挤，有个三十岁左右的妇人挨到李若蕙的座位上，李若蕙极力退让，杨小玉平静地看着李若蕙尴尬的样子，终于到了学校，李若蕙放松了。

10 月 1 日，邬志兵和邬兴亮来找李若蕙，三人决定去浙大三分部找校友程学理，浙大三分部在钱塘江边六和塔附近，环境优美，就一个无线电系，程学理和邬开兵一样，都是89年被保送到浙大，程学理上了无线电系，一个人安安静静地专注于学习和实验中。李若蕙他们到了浙大三分部，程学理见到十分高兴，好好地招待了李若蕙他们。凌武旭也在，凌武旭也是奉县二中校友，89年被保送到浙大体育班，一百米能跑11秒以内。程学理、凌武旭带着李若蕙他们去了六和塔、苏堤和曲院风荷游玩，一路上拍了许多照片。

浙大校园很大，李若蕙觉得走路上课太花时间，于是在陆宏的帮助下，买了一辆旧自行车，与袁重才一起去车管所做了牌照，李若蕙觉得上课方便多了。

校运会开始了，李若蕙很积极，报了三级跳远和标枪两个项目，尽了很大努力，还是没得到名次，但辅导员表扬了李若蕙，说他精神可嘉。

学校里面有个小溜冰场，李若蕙和邬莹高中的时候就一起溜过冰，技术不错，杨小玉叫李若蕙教她，李若蕙扶着杨小玉的手耐心地教着，杨小玉很是开心。

　　转眼期中考试到了，李若蕙投入到紧张地复习之中。考完一排名次，李若蕙是全班第六名，洪宙第一名，陆兴邦第二名，洪宙住在李若蕙左边隔壁，是北京人，篮球、排球、足球、羽毛球样样精通，与李若蕙关系不错，经常在一起打羽毛球，在一起打的，还有一个北京的同学邢阔。有好几个女同学高等代数不及格，向系里反映要换老师，系里很重视，换了一个程兴华老师，程兴华老师讲课生动，抽象的高等代数在他口中娓娓道来，向量、基的概念由此变得通俗易懂，同学们的高等代数有了很大进步。

三十四

　　李若蕙对期中考试的成绩并不满意，觉得班长应该是第一名才是，加上对英语预备级一直耿耿于怀，虽然有辅导员和大二的系友开导，说系友英语也是预备级，但现在成绩是全班第一。期中考试后，李若蕙心中闷闷不乐，这天是星期日，李若蕙决定游西湖散散心。

　　西湖离学校并不远，李若蕙决定步行到西

湖。李若蕙出发了，到西湖首先要经过植物园，李若蕙走在幽静的植物园的道路上，一棵棵桂树开着金黄色的桂花，散发着醉人的香气，李若蕙的心情好了很多。过了植物园，行人逐渐多了起来，路旁的草坪上三三两两坐着不少的游客，走了一段路，到了曲院风荷，看着那层层叠叠的荷叶，李若蕙想起了"接天莲叶无穷碧，映日荷花别样红"的诗句，可是现在已经看不到荷花了，李若蕙略感遗憾。到了岳王庙，李若蕙想到了岳飞精忠报国，名传千古。走到了苏堤，想想可能时间不够，李若蕙没上苏堤，又走了一会儿，前面有一个亭子，旁边是苏小小墓，李若蕙在亭子里休息了一会儿，上了白堤，白堤把西湖向内围成了一个小湖，湖中也种植着荷花。走过孤山，只见白堤上游人如织，湖中有人划着小船，有船主请李若蕙坐船，太贵了，要十块钱一个小时，李若蕙坐不起。到了断桥，李若蕙心想，可惜现在不是冬天，欣赏不到断桥残雪的景色。李若蕙在断桥上停留了一会儿，想着许仙和白娘子的美丽传说，向外望去，对面一座座大厦拔地而起，散发着现代都市的气息。过了断桥，到了六公园，李若蕙走累了，就坐在长椅上休息，在不远处的长椅上，坐着一个老大爷，正在看报纸。

李若蕙就这样坐着，看西湖的水在微风中荡漾，也不知过了多久，突然有两个中年男子走过来，其中一个对他说："小伙子，帮个忙吧，我们是建筑工人，在给一户人家盖房子打地基的时候，从地里挖出了一尊小佛像，偷偷地找人检验过，是金子铸成的，这是一尊小金佛，你看。"说着，另一个从包里拿出一尊小佛像，李若蕙一看，黄澄澄的，比拳头大一点。那个接着说道："最近我们家有点急事，等钱用，所以请你帮个忙，你随便给点钱，这个小金佛就归你了。"说着，另一个把小佛像递给了李若蕙，李若蕙拿在手上，觉得沉甸甸的，大概有一公斤重，李若蕙想，要是金子的话，那该值多少钱。李若蕙把小佛像还给了他，说道："我身上只有十几块钱。"那个又说："你再仔细找找有没有更多的，你身上有什么值钱的东西没有。"李若蕙把钱拿了出来，说："我只有这么多钱，还有就是手上戴着的这块手表。"那两个骗子，可能觉得李若蕙的钱还不够这个小铜佛的成本，抑或是觉得骗这么单纯的小伙子于心不忍，他们走了。李若蕙没注意到，他们上了一辆高级轿车，消失在车水马龙里。

李若蕙坐在那儿，还在想着，要是金子的话，该值多少钱，李若蕙计算着，一公斤一千克，一克金子多少钱，李若蕙不知道，就算五十块吧，那值……，这时，许无暇和单敏捷过来了，许无暇和单敏捷是李若蕙的同学，住在李若蕙隔壁寝室，都是江苏人。李若蕙就把刚才所发生的事告诉了他们，末了还说，要是金子的话，不知道值多少钱，许无暇和单敏捷笑了，说这两个是骗子，李若蕙也觉得这两个是骗子，只是脑子还在计算着。

李若蕙他们三个一起回学校了，不远处的那个老大爷，一声叹息，道："这小伙子这么单纯，将来怎么在复杂的社会中立足啊。"

三十五

两个多月过去了，李若蕙的钱也差不多用光了，李若蕙开始等待家里的汇款。过了半个月，收到了母亲的 100 元汇款和一封信。信中写道，母亲和弟弟李若竹在大姨妈的二女儿建筑公司承包的建筑工地上做小工，李若竹不小心从三层的支架上掉了下来，受了伤，住了半个月院，母亲一直在旁照料着，所以汇款晚了，弟弟现在没事，叫李若蕙不要担心。李若蕙看了信后，一阵心酸。

二食堂的菜是家乡口味，但有点贵，三食堂离宿舍近，菜又便宜，但菜有点辣，李若蕙为了省点钱，开始到三食堂买饭，渐渐地习惯了吃辣。本来去二食堂的路上可以看到篮球场上浙大校队精彩的三打三比赛，现在看不到了。

这日，李若蕙去新华书店买书，走在解放路的街上，看到有一群人围着，李若蕙走进一看，有人在卖皮鞋，一大帮人抢着在买，十块钱一双，人人都说便宜，李若蕙也买了一双，刚买好，突然这群人四散逃开，隐约中看到好像有人朝这边过来，李若蕙也不知道发生了什么事，去新华书店了。

李若蕙的生日到了，女同学给李若蕙送了一个工艺品琴，李若蕙很高兴，把琴小心翼翼地挂在了床铺的墙上。

时间已经到了十二月中旬，天气变得寒冷，杭州下起了大雪，有的地方积雪达十厘米深，李若蕙去杭大看望邬志兵和宋碧玉，邬志兵就读电子系，正做了一个收音机，给李若蕙看，李若蕙觉得挺不错，一起到了宋碧玉寝室，宋碧玉就读心理学系，看到李若蕙过来，很高兴，聊了一会儿，各自谈了学习生活情况，宋碧玉有一个室友，北京人，是洪宙的高中同学，谈起洪宙，感到自豪，说洪宙学习体育样样拔尖，李若蕙觉得并无虚言。邬志兵、宋碧玉招待李若蕙在杭大食堂吃了中饭，李若蕙回来了。

洪宙对李若蕙说去学校大门照相，拍下雪景，李若蕙说好。大雪天，李若蕙却穿着西装，里面就一件保暖的毛线衣，李若蕙穿上买来的新皮鞋，在学校大门前照了一张相，大门上殷红的毛体"浙江大学"四个大字熠熠生辉，回来的路上，新皮鞋开裂了，原来是假货，李若蕙很无奈。

李若蕙追求进步，看马列、防和平演变，写了入党申请书，递交给党组织，组织很重视，经过考察，李若蕙被推选为入党积极分子。

元旦到了，李若蕙给南京大学的李长丰和青岛海洋大学的王丰华寄了明信片。

这学期，李若蕙还选修了一门古代诗词赏析课程，期末要交一篇文章，李若蕙问邬兴亮借了十块钱，买了一本上海辞书出版社的《唐宋词鉴赏辞典》作为参考，写了一篇柳永的雨霖铃赏析，交给了老师。

期末考试了，中国革命史李若蕙背得滚瓜烂熟，唐越山却没好好的读，期末考试要李若蕙给他抄，李若蕙答应了，没想到发下来的却是 AB 卷隔着，唐越山和李若蕙都拿了 A 卷，被监考老师发现了，当场要把唐越山和李若蕙踢出考场，李若蕙急了，说我们的旁边都是 B 卷，我怎么会作弊呢，后来监考老师要李若蕙上去坐单独的一个座位考试，唐越山嘘了一口气，自己做了。

第一学期结束了，放寒假了，上海来的邬莹和邬志兵、邬兴亮、李若蕙一起回家，到了杭州火车站，大家兴奋地谈论着，其中一个路人对李若蕙他们说："你们一定是奉县人，我是大四学生。"李若蕙说："那你的同学一定是奉县人，宁波口音和奉县口音外人很难分得清楚。"那人说："正是，各位，一路顺利。"说完，走开了。

李若蕙他们上了火车，郐莹、郐志兵、郐兴亮坐在一起，李若蕙却是单独的一个座位，旁边坐着一个十一二岁的小女孩，对面坐着小女孩的爸爸。那小女孩异常活泼，一会儿就和李若蕙熟络了，她对李若蕙说："我叫裘琳芸，在大关小学读四年级，我爸爸是宁波人，妈妈是杭州人，我们现在回宁波，我爸爸很爱打麻将……"小女孩的爸爸笑着哼了一声，小女孩继续说："我有熊的力量、豹子的速度、鹰的眼睛，我们玩搔胳肢窝。"说完，就搔李若蕙的胳肢窝，小女孩的爸爸说，别胡闹。一路上有这小女孩玩闹，火车很快到了宁波，李若蕙和小女孩她们道别。

郐莹、郐志兵、郐兴亮回郐家村，李若蕙回到了李家村。

三十六

李若蕙带了录音机，给奶奶买了两盒越剧磁带，奶奶很高兴。

　　在家没几天，收到了系里寄来的成绩单，李若蕙打开一看，数学分析 90，高等代数 89，解析几何 88，还算不错。

　　李若蕙去王渔新村看望了王盛辉，王盛辉刚结婚不久，新娘是苗家村一位漂亮的姑娘，李若蕙很为王盛辉高兴。

　　这日，李若蕙、李长丰约同徐可平、王菲菲一起去看望了殷老师，殷老师已调到县城附近一个镇的中学，看到李若蕙李长丰他们来，殷老师很高兴，留李若蕙他们吃了顿中饭，李若蕙李长丰他们谈起了大学生活。

　　第二日，李若蕙和陆运来两人去看望了初中时的数学老师邹老师，邹老师已调到县城一所重点中学当老师，见到两个得意弟子都很有出息，邹老师感到很欣慰。

　　春节到了，李若蕙去舅舅家拜年，与表哥、舅舅和二姨妈家的表弟一起打起了麻将，打了一个通宵。

　　初八，宋碧玉请吃饭，李若蕙、徐可平、刘朝辉、邬志兵、邬兴亮、邹树岳还有两个高中同学一起到镇上宋碧玉家吃晚饭，宋碧玉热情招待，大伙开怀畅饮，互道别来之情，饭后，刘朝辉说，二中已开学，若蕙何不去看看申晓云，李若蕙借着酒意，说好。大伙众星捧月般拥着李若蕙到了奉县二中，看到此情景，徐可平竟有些失落，众人到了高中教学楼，李若蕙叫一个高二的同学请申晓云出来相见，正等候间，一阵冷风吹过，李若蕙清醒，觉得这样是不是太唐突了，申晓云出来，李若蕙竟没上去相见，而是悄悄回转，与众人离开了学校。

正月十五开学，李若蕙回到了学校。

第二学期开学，李若蕙体育课报了乒乓球班，第一学期没报上，后来进了排球班，李若蕙打得不错，被系里看中，进了系排球队，接球，做球都不错，就是扣球，三四个才扣成一个，乒乓球是李若蕙一直喜欢的运动，这次进了乒乓球班，李若蕙很高兴，乒乓球老师是原省队队员，上课第一天，交了五块钱，当场领了一个乒乓球拍，红双喜的底板，友谊的胶皮，很有弹性，李若蕙很喜欢，在老师的悉心教导下，李若蕙的乒乓球水平有了很大的提高，进了系乒乓球队。

李若蕙进了校入党积极分子培训班，与一个

大二的系友在一起，每个星期一次培训，一次思想汇报，李若蕙心灵感到很充实。

学校举行排球比赛了，作为文体委员，陆宏积极准备着，组织了班级排球队，要两个女生参加，班上的女同学打得不好，陆宏就向外借了两个女生，都是陆宏的高中同学，班上同学虽有反对，但陆宏坚持这样做，就打下去了，那两个女生打得不错，引起别系的注意，遭告发，数学系出局，大家都埋怨陆宏。

春天到了，李若蕙给申晓云写了一封信，满满的相思之苦，申晓云回信了，说学生应该以学业为重，不应该谈恋爱，叫李若蕙以后不要写信给她了，李若蕙感到又生气又伤心。

三十七

市红十字会来学校开展无偿献血活动，强调献血的重要性，李若蕙、洪宙和党丽都报名参加了。献血的那天是星期六下午，李若蕙和洪宙进了采血室，医生吩咐两人躺下，不要紧张，献血开始了，只见洪宙的血流得很快，李若蕙却很

慢，只用了半小时多，洪宙的 200cc 血就采完
了，李若蕙采完却用了一个小时，出来后，李若
蕙喝了一大瓶水，领了营养品，回到了寝室。

　　第二天班级举行活动，去南高峰玩，李若
蕙、刘伟君、唐越山、袁重才、洪宙和同寝室的
梁意武都参加了，他们骑自行车去南高峰，骑得
飞快，六个女生和陆兴邦、单敏捷他们几个在后
面吃力地跟着，到了南高峰，陆宏、杨小玉带着
同学们进了一个山洞，山洞还在修整，都是支
架，非常危险，李若蕙他们小心翼翼地走着，出
来之后，同学们手上，脸上，衣服上全是泥巴，
大家你看看我，我看看你，都乐了，去小溪清洗
了一番，回来了，在路上，李若蕙对陆兴邦谈起
了路上的危石。

　　李若蕙他们骑自行车回学校，下坡路，李若
蕙自行车的刹车却是失灵，李若蕙一手搭在刘伟
君的肩膀上，骑完了下坡路，李若蕙他们回到了
学校，换洗身上的衣服。

　　邢阔和陆兴邦、单敏捷一个寝室，李若蕙经
常到他们寝室与单敏捷下象棋，单敏捷不是李若
蕙的对手，李若蕙就让一个马与单敏捷下，唐越

山、许无暇在旁为单敏捷支招，却还不是李若蕙
的对手。邢阔有一个高中同学，化学系的，一口
的北京话，经常到邢阔寝室找邢阔，一副不可一
世、唯我独尊的样子，李若蕙很烦他。这天，李
若蕙与邢阔下军棋，邢阔连输两盘，李若蕙得意
洋洋，邢阔垂头丧气，邢阔的同学就说，不就是
下赢了一盘棋吗，这么神气干什么，李若蕙听了
很生气。

　　暑假李若蕙回李家村呆了一个月，回来就参
加军训，十六个男同学被分成两班，李若蕙和邢
阔分别担任班长。齐步走、正步走，李若蕙他们
练得不亦乐乎。晚上，小桥门对过，一个小店在
放电视连续剧天龙八部，李若蕙就去看，看到段
誉走的凌波微步，使出的六脉神剑，李若蕙感到
很过瘾。

　　这天，理科系一起军训，邢阔的高中同学却
是拖了后腿，引起众怒，大家嘲笑他那不合拍的
齐步走动作，李若蕙更恣意大笑，那同学带着哭
腔，对李若蕙说："你等着。"李若蕙说："我等
着。"

　　军训后期，夜里急行军和射击打靶，李若蕙

都参加了，打靶的时候，枪声呼啸，李若蕙心头一震，比起电影里的枪声不可同日而语。

军训结束，穿着军装，李若蕙和同学们拍照留念。全班同学包括六个女生在毛主席像前合影留念，摄影师照了一张，叫同学们举手欢呼，又照了一张。照完之后，同学们都脸带笑意，李若蕙感到同学们似乎在笑他，但也说不出所以然来，也就没放在心上。

三十八

李若蕙上大二了，上学期的普通物理学成绩，数学系全校第一，学校给发放了120元奖励，系副主任把钱交到了李若蕙手里。唐越山、洪宙、邢阔、梁意武等几个男同学怂恿李若蕙买个篮球，丰富课余生活，李若蕙想想也是，就和唐越山、洪宙一起买了一个篮球，正好一百二十块。女同学知道了，有点埋怨班长，说怎么不给女生留点钱。

一日，邢阔对李若蕙说："金庸的《笑傲江湖》很好看，山东文艺出版社新出版了《笑傲江湖》，我想买一套，要 15 元，我钱不够，要么我们拼着买一套，你看怎么样？"李若蕙虽觉得有点奇怪，邢阔家生活富裕，怎么会缺钱的，但一想到是买《笑傲江湖》，很高兴，就说："好的，我们一起去买。"李若蕙与邢阔两人去解放路市新华书店买了一套山东文艺出版社的《笑傲江湖》，一人出了一半钱。邢阔看完了，就把书交给了李若蕙，对李若蕙说："书你保存着好了。"李若蕙说好的，收下书，看起了《笑傲江湖》。看完了之后，李若蕙觉得写得很精彩，觉得一人一半不是很方便，于是对邢阔说："我把《格列佛游记》这本英文小说给你，《笑傲江湖》就归我，怎么样？"邢阔说好的，于是这套《笑傲江湖》就归李若蕙了，李若蕙很爱护这套书，仔细收藏着。

又一日寝室长唐越山、刘伟君他们对李若蕙、陆宏说："左边寝室的梁意武与建筑系的同学相处得不大愉快，想搬到我们寝室，我们觉得隔壁寝室有两个建筑系学生，的确会有问题，同意了梁意武的请求，你们看怎么样？"李若蕙心里虽有点不愿意，但想到同学有困难，应该互相

　　帮助，也就同意了，陆宏也勉强同意了，梁意武搬到了李若蕙寝室住，李若蕙寝室有七个人了，幸好陆宏不常来，还不觉得很拥挤。

　　梁意武、唐越山跟李若蕙他们商量，寝室合买一台电视机，说世界杯外围赛就要开始了，要看中国队的亚洲区比赛，其他同学都同意了，李若蕙只好跟着出了钱，合买了一台电视机。

　　李若蕙去新华书店又买了一套宝文堂书店的《天龙八部》，旁边的旧书店买了一本《连城诀》，李若蕙收集起金庸的武侠小说来了。

　　晚上电视在放香港连续剧《义不容情》，室友们都说好看，李若蕙也开始看起来，夜自修也很少去了。陆宏拿来了一台电子游戏机，接在电视机上，室友们又玩上了，李若蕙也打上了瘾，坦克，四花，玩得不亦乐乎，梁意武更是连课也不去上了，不是打游戏机，就是躺在床上看武侠小说。

　　期中考试结束了，李若蕙的数学分析有了退步，李若蕙惊醒，觉得不能再这样下去了，于是不再打游戏机，晚上又开始去夜自修了。梁意武是山东青岛人，父亲是个军人，李若蕙觉得梁意武为人豪爽，不错。李若蕙开始劝梁意武，不去上课不对，这样下去会荒废学业，梁意武却置若罔闻，仍然我行我素，不去上课，躺在床上看长篇武侠小说《蜀山剑侠传》。

<h2 style="text-align:center">三十九</h2>

李中生命人到浙大如此行事，那人到了浙大教 11 男厕所，在厕所木板上画了一幅女子外阴图，在旁边写了"握住阴茎，往前送，再往回收，来回抽动，加快速度，你会感到很舒服，再快一点……"

这天晚上，李若蕙在教 11 五楼夜自修，突然想上厕所，五楼的厕所都有人在上，于是到了四楼，看到一个壮年男子从女厕所出来，李若蕙觉得奇怪，搞不清楚什么状况，进了男厕所，蹲下，看到木板上画了女子阴部图，感到很兴奋，又看到旁边写的字句，于是就照着做起来，李若蕙感到血脉贲张，一阵难以名状的快感浇遍全身，射了出来，感到说不出的爽快。

　　李若蕙从未经历过这些，感到既兴奋又紧张又羞愧，李若蕙洗了手，回到了教室，再也没心思自修了，李若蕙回到了寝室。

　　这日，李若蕙和邬兴亮一起去杭大看望了邬志兵，吃了中饭，三人一起坐公交车去浙大。上了28路，车有点拥挤，李若蕙他们拉着扶手，站在几个女生的身后，李若蕙极力保持距离，没想到后面的邬兴亮、邬志兵却借着车的晃动用力挤向李若蕙，李若蕙的下面碰着了女生的屁股，不觉硬了起来，李若蕙很狼狈，偷眼看邬兴亮他们，只见邬兴亮表情很凝重。

　　傍晚，李若蕙坐152路去市新华书店买书，车很拥挤，在中间，一个三十多岁的妇人坐在座位上，李若蕙站在她的旁边，车一转弯，一阵挤动，李若蕙的下面碰着了妇人的肩头，有了反应，身后的人挤着李若蕙，李若蕙的下面就靠着妇人的肩头，越来越硬，那妇人没有退让，脸色并不难看，李若蕙感到很舒服。

　　到了12月份，李若蕙交的入党申请也有一年了，李若蕙入党了。支部组织委员找他谈话，要他谈谈对八九学运的看法，李若蕙说，学生有良好的愿望，被不法分子利用了，组织委员一言不发，面无表情，李若蕙也不知道他对这个回答是满意还是不满意。

要期末考试了，李若蕙在紧张地复习。李若蕙平时的学习并不是抓得很紧，所以期末的复习至关重要，考试要隔一天考一门，所以这一天半的时间异常珍贵，李若蕙分秒必争，在这一天半就看完了整本书、所有笔记，以前的疑难都迎刃而解，效率极高。徐可平先放假了，到了李若蕙寝室，看到李若蕙有一本《连城诀》，晚饭后就看了起来，李若蕙却在复习常微分方程，一直到凌晨两点才完，上床睡觉。

第二日考完，李若蕙觉得不会差。徐可平回家。

放寒假了，邹树岳到了浙大，要和李若蕙一起回家。两人到了火车站，正值春运，人很多，火车上不去，李若蕙等到一趟从上海来的火车，人们都拥挤着上去，有人爬窗进去，李若蕙请求火车上的人打开窗户，那人却不开窗，李若蕙很气恼，旁边的人一脸幸灾乐祸的神色，李若蕙只感无奈，幸好接下来的一趟车比较空，李若蕙和邹树岳上了那趟车，回到了宁波。

邹树岳回杨岙村，李若蕙回到了李家村。

四十

第二学期到了，李若蕙回到了学校。九三年春，李中生对邓小平说："邓公，还得麻烦您去深圳跑一趟，给经济改革吹吹风。"于是邓小平拖着八十多岁的身子，去了深圳，发表了加快经济改革的讲话，顿时全国各地经济建设如火似荼地开展起来，上海更是大力发展浦东。

李若蕙家生活贫困，李若蕙看到同学们有的在做家教，有的在抄写文书，于是也想勤工俭学，做份家教。托了陆宏，烦他联系一下。过了几天，陆宏还没消息，那日中午，李若蕙饭后回到寝室，却见梁意武、唐越山、袁重才、刘伟君、童和五人都端端正正地坐着，说有事跟他商量，李若蕙问什么事，梁意武说："听说你想勤工俭学做家教，我们看你有这么多武侠小说，不如我们合伙在寝室内开一个租书店，出租武侠小说，一人出一百元，买金庸古龙梁羽生等人的武

侠小说，看的人应该会很多，我们五人都同意
了，你看怎么样？"李若蕙说："这可能会影响
学习，再说学校也不会同意这样做。"袁重才
说："我们五人分担轮流看着，也就花不了多少
时间，你负责买书，就当是去做家教，也花不了
多少时间，至于学校方面，邓小平都南巡讲话
了，学校不会反对的。"李若蕙虽觉得还有些不
妥，但一想到家里生活贫困，应该自己赚些生活
费，邓小平都鼓励这么做了，也就同意了。

李若蕙写信给大姑姑李静钗，问她借了两百
块钱。李若蕙把自己收藏的十四套金庸武侠小说
拿了出来，开始出租，自己则到处去买古龙梁羽
生等人的武侠小说。

这日，李若蕙刚在松木场书店买了一套古龙
的《九月鹰飞》，就又到市新华书店去，看看还
有什么好看的武侠小说，上了152路公交车，很
拥挤，李若蕙右手拉着扶手，左手拿着一个塑料
袋，里面装着正是《九月鹰飞》，李若蕙左边站
着一个二十岁左右的漂亮姑娘，车一晃动，李若
蕙的左手却是碰着了那姑娘的大腿根部，硬突
突、韧结结的，那姑娘并未躲开，任由李若蕙碰

着，一直到了市新华书店，李若蕙下车，意犹未尽。

李若蕙还坐 151 路公交车去卖鱼桥、拱宸桥地摊上买书，这日傍晚，李若蕙在市新华书店上了 151 路，经延安路到了武林广场，上来很多人，车内变得异常拥挤，李若蕙的前面站着一个年轻姑娘，李若蕙的下面碰着那姑娘凸出的屁股，车一晃动，李若蕙的下面一经那姑娘屁股的摩擦，硬了起来，挺在了那姑娘的屁股沟里面，车持续晃动，李若蕙顶着那姑娘紧实的屁股沟，不自觉地跟着耸动，终于，李若蕙血脉贲张，射了出来，李若蕙感到既紧张又刺激。

就这样李若蕙东奔西走，几乎买全了古龙的武侠小说。租书的生意越来越好，学生们踊跃借书，押着学生证、借书证，用菜票付着租金，李若蕙他们喜笑颜开。

转眼期中考试到了。

四十一

期中考试考完了，一看成绩，概率论竟不及

格。李若蕙下定决心，觉得再也不能当班长了，自己应该从头开始，把时间和精力都放在学习上。于是向辅导员提出辞去班长职务，唐越山、梁意武、袁重才他们几个商量对策，冒充团支书党丽给李若蕙写了一封信，信中写道："天将降大任于斯人也，必先苦其心志，劳其筋骨，饿其体肤，空乏其身，然后行拂乱其所为……"李若蕙看了，觉得党丽挺关心我的，但还是想辞去班长职务，辅导员提出由全班同学选举班长，最后同学们还是选举了李若蕙担任班长，李若蕙只好继续当着。

杨小玉来到 2038 找李若蕙，要李若蕙陪她一起到班主任那儿去，交英语成绩，李若蕙推辞了，觉得不应该再多跟杨小玉交往。

凌日华来找李若蕙了，凌日华与另一个二中校友考上了浙大体育班，进了工商管理专业，现在还是大一，两人来过李若蕙寝室多次，李若蕙见是老同学，感到亲切，问有什么事吗，凌日华说："也没什么要紧的事，看到你有一个录音机，我想用随身听跟你交换，可以吗？"李若蕙说好的。于是凌日华留下了随身听，拿走了录音机。

李全如去黑龙江做土豆生意，与朋友回来路过杭州，特意去浙大看望了李若蕙。李若蕙见大阿叔来看他，很高兴，陪大阿叔到岳王庙、三潭印月玩，在游船上拍了一张合影，李全如他们回去了，李若蕙感到一丝惆怅。

梁意武、唐越山他们对李若蕙说，金庸古龙的小说同学们都看得差不多了，要李若蕙去买梁羽生、温瑞安的武侠小说，李若蕙踌躇，怕耽搁了学习，梁意武说，不去买，就没生意，那就散伙，李若蕙想本钱还没回来呢，怎么能散伙，于是同意去买，李若蕙又东奔西走，各处买梁羽生、温瑞安的武侠小说。梁意武、唐越山、袁重才又说跟李若蕙一起打麻将，李若蕙禁不住诱惑，同意打了，定好了规则，玩了一个通宵达旦，自此，李若蕙白天买书，晚上打麻将，渐渐荒废了学业。

李若蕙在杭大门口花了八十块向藏人买了一把刀，隐隐有血渍，很锋利，世界杯预选赛中国队输的那天，李若蕙用它打碎了过道上的窗户玻璃，被值班老师发现了，没收了李若蕙的刀，报告了数学系，李丰功过来，对李若蕙说："就不处分你了，但你从下学期开始不能再担任班长了。"

期末考试到了，要考概率论了，李若蕙心里没底，要陆兴邦给他抄，陆兴邦答应了。到了考试的那天，李若蕙抄了陆兴邦的题，结束后，概率论老师发现李若蕙与陆兴邦的解答一模一样，要找李若蕙谈话，李若蕙心中害怕，没去，老师给了李若蕙一个不及格。

梁意武都没参加期末考试，要退学了，对李若蕙说要分武侠书，唐越山、袁重才他们也说不租了，李若蕙想想东奔西跑、辛辛苦苦买来的这些书就要散了，心中一阵难过，终于狠下心来，对梁意武、唐越山他们说："我还给你们一人一百块，书归我，好吗？"梁意武、袁重才说好，唐越山说："我的一百块就算了。"李若蕙写信给王盛辉，问他借四百块，王盛辉哪有这么多钱，向父母要了四百块，给了李若蕙，李若蕙把钱给了梁意武、袁重才、刘伟君、童和。

暑假到了，梁意武退学了，李若蕙感到很惋惜，与同学们一起到火车站送他。李若蕙没有回家，叫陆兴邦看着书，自己照着从旧书店买回来的词谱简编，写起了词，其中一首这样写道：

忆秦娥

西湖春秋游

夕阳坠，

清风拂乱枝头翠。

枝头翠，

一朝春色，

却说心醉。

西湖水映银盘碎，

桂花香动游人寐。

游人寐，

春山底下，

两滴清泪。

四十二

李若蕙大三了，数学系分了基础数学和计算

数学两个方向，李若蕙、陆兴邦、洪宙、邢阔、许无暇这五个同学选了基础数学方向，其他十六个同学选了计算数学方向，有的课程就不一样了，分开上了。李若蕙数学家的梦想还在，所以虽然要学实变函数这么难的课程，李若蕙也还在坚持。

　　一个星期日下午，李若蕙没事情做，就与刘伟君一起去打乒乓球。体育馆内的乒乓球馆不开放，李若蕙只好去室外的水泥做的乒乓球台打，在路边，靠近一个女生宿舍。总共有四张乒乓球台，其中一张已有两个女生在打。李若蕙和刘伟君也打了起来，突然有一个球落到了李若蕙的脚下，是那两个女生的球，李若蕙把它捡起来，给了她们，其中一个娇小秀气的女生说了声谢谢。李若蕙注意到她了，看她打的还不错，于是大着胆子红着脸称赞了她几句。那女生倒很大方，说："要不我们打一盘。"于是，他们就打了起来，打到了吃晚饭的时间，约好第二天再打。

　　他们就这样认识了。李若蕙知道了这个女生叫陆小婉，比李若蕙低两级，是建筑系的大一学生。他们开始了交往，一起打乒乓球，一起看电影，一起去图书馆自修，李若蕙送陆小婉回寝室的路上，陆小婉总紧挨着李若蕙走，李若蕙感觉到陆小婉坚挺的乳头，心中一荡，努力镇定心神，对陆小婉始终礼敬有加。陆小婉开始教李若蕙跳舞，在青橄榄，慢四、慢三、快三，陆小婉耐心地教着，李若蕙学会了，每到星期六的晚上，就与陆小婉一起跳舞。陆小婉生日的时候，李若蕙送了一个工艺品项链，陆小婉很喜欢，把它挂在了胸口。李若蕙第一次真实地跟女孩子这样近距离接触，李若蕙也不知道这是不是就是谈恋爱，李若蕙只感到幸福。李若蕙还专门写了一首词表达他的感情和内心的喜悦。

李若蕙与陆小婉的交往，却需要花钱，李若蕙的钱花光了，就开始卖起了武侠书。李若蕙又东奔西走，到卖鱼桥、拱宸桥等处摆地摊卖书，书一本一本地少了，李若蕙心里有些惋惜，但为了与陆小婉的交往，也就不多计较了。

李若蕙还跟袁重才、唐越山他们在青橄榄唱起了卡拉ok，李若蕙唱了郑智化的《水手》，谭咏麟的粤语《水中花》，在座的同学们纷纷给他鼓掌，李若蕙感到很快乐。

11月1日，父母来杭州看李若蕙来了，父亲对李若蕙说："你暑假没回家，你母亲很想你，就来学校看你了。"母亲看到李若蕙，说："你瘦了，学习一定很辛苦，要注意身体啊。"说完，拿出两百块钱给李若蕙，说："你吃点好的，今年早橘收成不错，有三万斤，先卖了一万斤，还有两万斤等过冬价格再高点再卖，你就不要挂念了。"李若蕙陪父母吃了中饭，母亲对李若蕙说："你上课要紧，下午我们自己去看西湖，看完之后就回去了，你不用陪我们了，你要好好保重。"说完，与李若蕙的父亲一起走了，李若蕙想到母亲从未来过杭州，却不能好好陪陪她，一阵心酸，眼泪在眼眶里直打转。

李若蕙参加了飘墨诗词社，与爱好古代诗词的同学一起交流，共同进步。诗词社出版了飘墨集，李若蕙有两首词刊在里面，其中一首就是忆秦娥，同学们买去看了之后，多加赞赏。

圣诞节、元旦与陆小婉一起度过，期末考试，李若蕙抄了陆兴邦，却还仍有一门数理方程课不及格。

寒假李若蕙回家了。

四十三

　　黑龙江的客户委托同村的小王来收购桔子了，价格升到一块一一斤，李全祥把两万斤桔子卖了，李若蕙在一旁帮忙数秤算钱，共卖得了两万三千块钱，小王当场付了，李若蕙拿着厚厚的一沓钱回到了家里，一家人都很高兴，李全祥还了欠村里的一万元，把剩余的钱存进了信用社。

　　正月初四，李若蕙回学校，为的是准备数理方程的补考，但未对家里人言明，只说学校有事，这引起陈家村姑丈的不满，说正月也不去姑姑家，大正月学校有什么要紧的事，李若蕙只有苦笑。

　　李若蕙认真地复习着，正月十一唐越山来了，他也要参加数理方程的补考，正月十三，补考开始，李若蕙基本上都能做出来，唐越山却一题也不会，趁着监考老师出去，唐越山抄了李若蕙四、五道题。后来两人都通过了，唐越山给李若蕙买了许多好吃的，算是谢了李若蕙。

　　正月十五正式开学，陆小婉来学校了，又和

李若蕙在一起了。他们开始谈人生，谈对未来的憧憬，陆小婉告诉李若蕙，她父母都是编辑，现在在深圳发展，她毕业后也要到深圳去。李若蕙感到了和陆小婉有距离，他父母都是农民，现在自己又当不成数学家了，前途还一片渺茫，他对他们俩的未来感到迷惘。从那以后，她们的见面次数渐渐少了，李若蕙开始回避陆小婉，陆小婉几次约他，他都不去。有一天，李若蕙遇到了陆小婉的同学，陆小婉的同学告诉他，陆小婉很伤心，都没心情去上课。李若蕙没有去找她，再没有去找她。而是去找了赵可人，在青橄榄跳舞认识的余姚女生，大一工商管理专科，也是从农村过来的，跳舞的时候，李若蕙紧贴着赵可人，下面直挺挺的贴着赵可人柔软的小腹，赵可人紧紧拥着李若蕙，李若蕙感觉到赵可人硬邦邦的阴阜，感到很舒服。

时间长了，李若蕙觉得不过瘾。李若蕙开始到公交车上挤女生，觉得这样很刺激。李若蕙曾坐11路到翠苑书店买过武侠书，那边有杭州商学院和浙江丝绸学院等学校，一到周六周日，11路上很多女生，李若蕙就去挤，下面硬邦邦的顶着女生紧实的屁股沟耸动，直到射出来为止，后来胆子越来越大，开始摸女生的屁股，哪一路公交车人多，李若蕙就上哪一路。

下班的时候，李若蕙看到 30 路人很多，于是就挤上去，异常拥挤，李若蕙看到一个很漂亮的姑娘，于是就挤过去，下面贴着那姑娘凸出的右边屁股，左手开始摸姑娘的屁股沟，手掌顺着屁股沟滑下去，手指触摸屁股沟的底部，李若蕙感觉到那有弹性的弧线，觉得真美，那姑娘冲着李若蕙笑笑，下车了，李若蕙意犹未尽。

春天到了，通往灵隐寺的 7 路人多了起来，李若蕙又去挤，李若蕙看到一个十二三岁的小姑娘，长得清秀漂亮，发育得很好，隆起的胸脯，凸出的屁股，李若蕙下面紧贴着那小姑娘的屁股，开始摸小姑娘的屁股沟，紧实有弹性，李若蕙手指灵活地触摸着那小姑娘的屁股沟底部，下面越来越硬，贴着小姑娘的右边屁股，突然手指感觉到那小姑娘屁股沟底部一阵有节奏的收缩，李若蕙以为是小姑娘阴道在收缩，感到极爽快。

就这样，李若蕙挤公交车，乐此不疲。

四十四

　　这次，李若蕙上了 152 路，看上了一个四十五岁左右风韵犹存的妇人，摸她的屁股沟，李若蕙摸到了一件极薄极柔软的内裤，略带潮湿，李若蕙正自神迷，那妇人却避开了，李若蕙悻悻然下车了。

　　这次，李若蕙上了 151 路，看到有两个壮年男子在猥亵一个五十五岁左右的妇人，李若蕙感到愤怒，老年人也欺负，却看那妇人半推半就，那两个男子下车后，李若蕙也去摸那妇人的屁股沟，感觉软软的，湿湿的。

　　这次，李若蕙上了 28 路，看到一个四十多岁的妇人，穿着长风衣，车很拥挤，李若蕙与她竟贴着面，李若蕙意乱神迷，竟把手伸进那妇人的内裤，手指插入了那妇人的阴道，湿湿的，滑滑的，李若蕙的肚子起了痉挛，车一晃动，李若蕙摔倒了，那妇人笑笑走开了。

　　这次，李若蕙上了 7 路，看到一个八九岁的小女孩，李若蕙抚摸那小女孩的屁股沟，后来把手伸进小女孩的裤子，那小女孩用肘子狠狠地击了李若蕙的肚子，李若蕙停手下车。

这次，李若蕙在延安路上了 151 路，看到一个三十多岁的妇人，长得并不好看，旁边站着她的丈夫，李若蕙抚摸那妇人的屁股沟，那妇人以为是丈夫在摸她，也没在意，李若蕙把手伸入那妇人的屁股沟底部，那妇人的屁股沟底部开始变得湿润，水渗过内裤流到了李若蕙的手指上，李若蕙意乱情迷，手指加快了速度，那妇人感觉情形不对，一看旁边站着的李若蕙，脸都气得变形了，李若蕙害怕，下了车，急急回校。

回到了学校，李若蕙心有余悸，就不再去挤公交车了。

六月份，李若蕙准备英语四级考，考完之后，觉得这次有点把握。

期末考试到了，同时世界杯也开始了，李若蕙很喜欢马拉多纳，阿根廷对希腊那场比赛，李若蕙看了，看到巴蒂斯图塔的三粒入球，看到马拉多纳的进球，李若蕙感到极爽。看到此情景，李中生给国际足协主席打了个电话，要求停止马拉多纳比赛，于是第二天，马拉多纳被查出服用毒品被禁止比赛，李若蕙失望到了极点，李中生的心里得到了极大的满足。

数值分析的重修考试，李若蕙参加了，但一题没做，老师要给李若蕙不及格，如果这门课不及格，李若蕙就要退学，李若蕙到老师家，说数值分析的重修课排课与正课有冲突，要老师再给他一次补考的机会，老师不同意， 李若蕙出了老师家门口，头开始狠狠地撞墙，老师于心不忍，对李若蕙说，这次算没重修，下学年再重新重修，李若蕙这才擦擦额头上的血，走了。

暑假，李若蕙和同学们去杭钢实习。

四十五

李若蕙大四了，得知英语四级过了，李若蕙放松了，与洪宙、邢阔、陆兴邦等同学踢起了足球，马拉多纳后，除了巴斯滕，李若蕙喜欢上了巴蒂斯图塔，自称巴斯塔，洪宙看李若蕙射门技术不错，说巴斯塔还算名副其实。

星期六晚上，李若蕙就去学生之家跳舞，和

校外来的女生跳起了贴面舞，李若蕙硬邦邦的下面贴着女生柔软的小腹，感到很舒服，跳舞完后，睡在床上，李若蕙抽动起来，床脚在登登的响，刘伟君说有老鼠，李若蕙停手。

李若蕙还和飘墨诗词社的同学一起夜会灵峰，喝酒唱歌，李若蕙唱了一首王杰的《一场游戏一场梦》，有同学唱了《同桌的你》，大家很尽兴。第二日，李若蕙写了一首词，这样写道：

点绛唇
歌飘墨人夜会灵峰

露草羞花，

夜来初透清凉意。

柔风吹细，

新月枝头憩。

几许闲情，

尽在梅林地。

惊鸦起，

轻歌微醉，

笑语幽峰递。

　　这首词刊登在新一期的飘墨集上，同学们反应不错。

　　闲暇之余，李若蕙看起了收藏的上海古籍出版社的三家评本《红楼梦》、《三国演义》，云南人民出版社的《百年孤独》等书，看了之后，觉得他们写得真好。

　　李全祥今年在金清寺又承包了二百株桔子，包括自家原有的三百株，收成很不错，总共有五万斤，卖了四万块钱，造起了房子，造了四间两层楼，打算以后给两个儿子一人两间，村里人很羡慕。李全祥造房子花了八万块钱，背了三万块债。

　　寒假回家，李若蕙住着新房子，心里很高兴，王丰华来访，两人看起了电视剧《东周列国春秋》，没想到第二日就停播了，李若蕙很失望。

　　大学的最后一学期到来了，李若蕙与袁重才一组，毕业设计做杭钢高炉计算机模型的温度显示子课题，李若蕙心不在焉，全靠袁重才的努力才通过了毕业答辩。但李若蕙在同学们的影响下，也开始学起了计算机，买了一本 FoxPro 2.5 教程，看了起来。

李若蕙去上海到上海交大和复旦大学看望了陆运来和邬莹，在外滩拍了四张照片，与邬莹在南浦大桥上合了一张影，上海栉次鳞比的高楼大厦使李若蕙感到震撼，心想不愧为国际大都市。

刘伟君家在富阳，唐越山、袁重才等十几个同学说去刘伟君家玩，李若蕙也去了，去富阳要到延安路坐中巴车，李若蕙又挤了一次公交车，唐越山、袁重才古怪地笑着，到了富阳，看了富春江，李若蕙想起了古人一篇游记里写的"奇山异水，天下独绝"的字句，觉得名副其实。

毕业招聘会，李若蕙签了萧山的万向集团，心里很高兴。陆兴邦、洪宙、许无暇考上了数学系的研究生，邢阔、杨小玉要去美国深造。转眼同学们就要各奔东西，大家相互毕业留言，李若蕙真情流露，但发现同学们写给自己的大多虚与委蛇。

数值分析也过了，李若蕙和全班同学、任课老师拍起了毕业照。李中生过来了，用脑电波控制仪控制了李若蕙，对拍照的师生说，李若蕙在公交车上猥亵妇女，要惩罚他，说着要李若蕙脱下裤子，当众手淫，李若蕙一一照办，在场的师生很惊愕，李中生的心里得到了异样的满足，走了，这些李若蕙都不知道，带着惊愕的表情，师生们拍了毕业照，李若蕙却一副悠然自得的神色。

同学们各奔东西，李若蕙执手泪别，李若蕙回宁波，陆兴邦、刘伟君两人来送他。李若蕙在家呆了十天，7月11日，李若蕙告别父母，去万向集团报到了。

四十六

万向集团是萧山市一家知名的民营企业，主要生产经营各种汽车零配件，位于萧山经济技术开发区。

7月11日上午，李若蕙背着行囊，离开家乡宁波，来到萧山，从萧山市汽车站坐中巴车到了经济技术开发区，在万向集团生活区下了车，进了生活区，右边有一幢三楼，在一楼有接待室，李若蕙走进接待室，把报到证交给了管事的先生，那先生给了李若蕙宿舍钥匙，宿舍早已分配，两人一屋，李若蕙看到同屋的叫徐益辉，那先生还给李若蕙发放了一千元安家费和一辆自行车，李若蕙很高兴。

李若蕙到了宿舍，打开房门，里面很宽敞，二室一厅一厨一卫，李若蕙挑了靠里的那间住，把行李搬了进来，安置好之后，又去购买了必需的生活用品，就住下了。

下午，徐益辉来了，两人互相介绍了之后，李若蕙才知道徐益辉是诸暨人，在西安的一所大学毕业的。徐益辉告诉李若蕙，这次万向集团招了六十名大学生，分配到总公司和八个子公司，加上去年招的，总共有一百三十名大学生。

第二日上午，新来的六十名大学生到总公司会议室开会，首先集团董事局主席鲁冠球讲话，对大学生的到来表示欢迎，勉励大家好好工作。接着总裁鲁伟鼎讲话，根据公司需求，把新来的大学生分配到相应的子公司工作，请大家理解。之后，各子公司人事部经理领着各自的大学生到子公司去了。

　　李若蕙、徐益辉和其他四名大学生被分到了轴承公司。公司人事部经理何成龙向李若蕙徐益辉他们介绍了轴承公司的基本情况和生产流程，并说新来的大学生要先在基层车间实习一段时间，才能到各自的专业岗位工作。李若蕙被分到了磨加工车间，徐益辉被分到了装配车间，其他四名大学生也被分到了各个车间实习。

　　何经理带李若蕙到了磨加工车间办公室，车间主任程经纬不在，文员孙亚萍说程主任下车间查看去了，不一会就回来，叫何经理和李若蕙等一会，说完，给何经理和李若蕙倒了两杯水。大约过了一刻钟，车间主任回来了，何成龙指着李若蕙，对程主任说："这是新来的大学生李若蕙，是到你们车间实习的，我就把他交给你了，你安排一下。"程经纬说道："好的，你请放心。"何成龙走了。

　　程经纬向李若蕙介绍了磨加工车间的基本情况，带李若蕙参观了车间，叫李若蕙明天来上班。

　　时间已经到了中午，李若蕙去食堂吃了中饭，回到了宿舍。

徐益辉回来了，徐益辉对李若蕙说："食堂很拥挤，吃饭不大方便，不如我们自己做饭，我们合买一套煤气灶、煤气罐、电饭煲和高压锅，钱一人出一半，你说好吗？"李若蕙说好。

于是下午他们到市区萧山百货商店买了煤气灶、电饭煲和高压锅，去煤气站买了一个煤气罐回来。

晚饭他们就自己做，炒了一盘炒螺丝和番茄炒蛋，两人吃得津津有味。晚饭后，他们下了一盘棋，徐益辉不是李若蕙的对手，输了。

李若蕙看了一会儿《新列国志》，到了晚上十点，李若蕙写好日记，睡了。

四十七

早上六点半，李若蕙被闹钟闹醒，起来刷牙洗脸，去食堂吃了早饭，稀粥油条，就到轴承公司上班去了。轴承公司离生活区不远，和总公司隔着一条马路，十分钟就能走到。李若蕙一路的心情既兴奋又紧张。

李若蕙到了公司，时间是七点半，李若蕙看

到磨加工车间有二三个晚班工人正收工离开，有三四个白班工人正打开磨床，准备开工，李若蕙到了车间办公室，孙亚萍已在开水房打了开水回来，孙亚萍是个二十一二岁的姑娘，很文静，孙亚萍见到李若蕙，对李若蕙说："你这么早就到了，程主任一般提早一刻钟上班，快来了。"

七点三刻，程经纬到，李若蕙对程经纬说："程主任早。"程主任说："早。"程经纬对孙亚萍说："去把许宏伟叫来。"孙亚萍去了，不多久，孙亚萍带着一个人过来，李若蕙见那人三十左右年纪，中等身材，长得结实，程经纬指着那人对李若蕙说："这是许宏伟，你跟着他吧。"李若蕙对许宏伟说："师傅你好，我叫李若蕙，以后请多多指教。"许宏伟带着李若蕙到磨加工车间自己的磨床。

许宏伟对李若蕙说："车削过的轴承毛坯要经过粗磨精磨才能达到合乎标准的尺寸大小，机器已经打开调好了，你把轴承毛料放进滚动送料框里就行了。"

李若蕙于是照做，一斗的料放完了，就搬来新的一斗。当时盛夏，天很热，头顶上的吊扇一刻不停的旋转着，李若蕙还是大汗淋漓。

渐渐与师傅熟悉了，才知道他是萧山本地人，原先是个机修工，觉得收入不如操作工多，于是当了操作工。

不知不觉，时间到了五点，师傅对李若蕙说："你可以下班了。"李若蕙走了，第一天上班就这样结束了，许宏伟却还要干到六七点，多劳多得嘛。

李若蕙回到宿舍，洗了个凉水澡，做了晚饭，吃完看了一会儿书，照例写完日记睡觉，当夜无话。

第二日，第三日，第四日，李若蕙每天做着放料、搬料相同的工作，也不是很累，只是有点无聊，到了周末了，李若蕙请师傅到宿舍吃晚饭，李若蕙到菜市场买了菜，特意买了半只麻油鸭，师傅爱吃，去小店买了五瓶啤酒，下班了，许宏伟过来了，李若蕙炒好了菜，两人开吃了，李若蕙向师傅敬了一杯酒，两人一饮而尽，吃着麻油鸭，吸着炒螺丝，喝着啤酒，李若蕙觉得这样的生活也不错。喝了四瓶啤酒，觉得差不多了，两人都吃饱了，不想吃饭了，于是李若蕙请师傅到里面坐一会儿，自己开始收拾碗筷。

当李若蕙把碗筷洗完之后进来，发现师傅正在看自己的日记，李若蕙连忙跑过去，夺过日记本，大怒道："你怎么偷看我的日记，这是不道德的行为！"许宏伟置若罔闻，还笑道："五年之后成为总经理，你的志向真不小。"李若蕙不再理睬，许宏伟悻悻而走。

四十八

新的一周到来了，却是晚班。偷看日记事件，李若蕙想想日记里也没写什么，再说许宏伟毕竟是师傅，李若蕙也就原谅许宏伟了。

晚上八点，李若蕙到了磨加工车间，许宏伟早就开工了，李若蕙于是帮师傅放料、搬料，许宏伟也当没事情发生一样，做着自己应做的事情。

做了三四个小时，李若蕙有点累了，于是休息了一会儿，又接着做，做会又休息，到了早上六点钟，师傅叫李若蕙下班了，自己却还要再做一会儿。

　　李若蕙去食堂吃过早饭，就睡了，到下午三点才醒来，去跟人打了一会儿乒乓球，回来又去买菜，做饭，吃完晚饭又看了一会儿书，到了七点三刻，就去上班了。

　　李若蕙到了磨加工车间，师傅教他调机器，操作机器，不多时，李若蕙学会了。于是李若蕙帮师傅照看机器，兼放料、搬料都一个人完成，李若蕙可以独立操作机器了，李若蕙有点小兴奋。整个晚班，基本上都是李若蕙在操作，到了早上六点钟，李若蕙又下班了。

　　第三个晚班，李若蕙独立操作磨床，对轴承进行磨加工。第四个晚班，师傅叫李若蕙操作上半班，自己操作下半班。李若蕙呆在车间里，感到很无聊。

　　于是他开始找工人们聊天，车间里大多是女工，李若蕙看到过道对面车床的一个女工长得娇小秀气，大概十八九岁的样子，他于是过去跟她聊天。

　　李若蕙走到那女工跟前，对她说："你好，我叫李若蕙，你叫什么名字，工作得辛苦不辛苦？"那女工一看是新来的大学生跟她搭话，有点害羞，低下了头，轻声说道："我叫王莲。"李若蕙说："看你样子很年轻，你工作几年了？"王莲说："我已经十九岁了，工作也有一年了。"

李若蕙说："你觉得工作辛苦吗？"王莲说："开头几个月，是有点不适应，搞得手忙脚乱，现在好多了，也不觉得很辛苦。"李若蕙说："你家离这儿远吗，上班方便不方便？"王莲说："我家住在附近的王家村，离这儿五里远，骑自行车十分钟就到了，上班很方便。"

李若蕙说："那你平时下班之后都做些什么，有什么兴趣爱好？"王莲说："也没什么特别的爱好，就是看看电视，有时和姐姐一起看看录像。"李若蕙说："你有一个姐姐，她是做什么的。"王莲说："我姐姐叫王卫莲，比我大五岁，也在磨加工车间做，现在上白班。"

王莲又说："我只有初中毕业，不知道大学生活是什么样，你能给我讲讲吗？"李若蕙于是给她讲了自己的大学生活，最后说道："我能碰到你，我们是不是有缘？"

王莲的脸红了，低下了头，双手摆弄着衣角。

外面的天已经发白，李若蕙看了一下时间，已经五点半了，于是对王莲说："能认识你很开心，我要下班了，下次再聊。"王莲说："好的。"

李若蕙到了师傅那儿，收拾了一下东西，就下班了。

李若蕙去食堂吃了早饭，回到宿舍，看见有一个人从徐益辉的房间出来，仔细一看，是褚敏优，褚敏优也是磨加工车间的女工，来找过徐益辉几次，所以李若蕙认识。

李若蕙也没多理会，进自己的房间睡去了。

四十九

第五个晚班，下半班，李若蕙到王莲的车床，见到王莲正在搬料，李若蕙对王莲说："我来帮你搬。"于是帮王莲把一斗料搬到该放的地方，还帮着放料，王莲心里暖滋滋的，对李若蕙说："谢谢你。"李若蕙说："不要客气，反正我也空着，你也可以休息一下。"王莲于是在一旁休息。

　　不知不觉，外面的天渐渐发白，李若蕙对王莲说："这个星期天请你到我宿舍吃中饭，你能过来吗？"王莲说："好的，我会带朋友冯小花一起过来。"李若蕙知道冯小花也是磨加工车间的女工，他对王莲说："那就这样定了，星期天见。"

　　李若蕙回到师傅那儿，到了六点钟，就下班了。

　　一日无话，星期天一早，李若蕙就去菜市场买菜，买了三只白蟹，半斤对虾，一只麻油鸭，半斤熟牛肉，一斤茭白，两条蒲瓜，又去小店买了一瓶雪碧，一瓶可乐，回到宿舍。

　　到了九点，李若蕙开始烧菜做饭，忙乎了近两个小时，菜都烧好了，饭也煮熟了，李若蕙静等王莲的到来。

　　到了十一点，外面响起敲门声，李若蕙打开门，正是王莲和冯小花，李若蕙请进两人，王莲和冯小花参观了李若蕙的房间，看到书架上摆满了书，王莲看到有《这里的黎明静悄悄》一书，就对李若蕙说："这本书让我借一下。"李若蕙说："好的，饭菜已准备好了，先吃饭吧。"

　　李若蕙请王莲和冯小花在餐桌旁坐下，说：
"你们喜欢喝什么饮料。"两人说："雪碧吧。"
李若蕙给王莲和冯小花倒了两杯雪碧，自己倒了
一杯可乐，说："谢谢两位赏脸，我们干杯。"王
莲和冯小花两人拿起杯子，喝了一口，李若蕙也
喝了一口可乐，李若蕙给王莲和冯小花夹菜，冯
小花说："我们自己来。"

　　闲话少叙，总之李若蕙殷勤招待，王莲和冯
小花两人吃得很畅快，吃完之后，闲聊了一会
儿，两人告辞，王莲向李若蕙借了《这里的黎明
静悄悄》一书，李若蕙送两人至生活区门口。

　　第二日是星期一，李若蕙又上白班了。

　　一有空闲，李若蕙就到王莲那儿，帮王莲照
看机器，王莲则在一旁休息，李若蕙做累了，王
莲就接着做，李若蕙则在一旁看着王莲做，看了
一会儿，李若蕙对王莲说："我给你讲个故事
吧。"王莲说好。

　　李若蕙说："这个故事叫俞伯牙摔琴谢知
音，是我从《警世通言》看来的。话说春秋战国
时，有一楚国人叫俞伯牙，是晋国上大夫，一年
奉晋主之命，出使楚国，八月十五日中秋之夜，

行至汉阳江口，突然狂风大雨，船不能行，不多时，雨止云开，现出一轮明月，俞伯牙琴兴大发，弹出一曲，曲犹未终，琴弦断了一根，俞伯牙大惊，此处必有听音之人，命人察看，岸上有樵夫答道，适值骤雨狂风，在下躲雨，闻君雅操，少住听琴，俞伯牙问道，我刚才所弹何曲，樵夫答道，是《孔仲尼叹颜回》，俞伯牙闻言大喜道，先生果非俗士，请樵夫船上坐，俞伯牙道，我且问你，既来听琴，必知琴之出处，此琴何人所造？樵夫答道，此琴乃伏羲氏所琢，名曰瑶琴，俞伯牙听见他对答如流，说道，假如下官抚琴，心中有所思念，足下能闻而知之否？樵夫道，我试试，俞伯牙将断弦重整，沉思半晌，其意在于高山，抚琴一弄。樵夫赞道，'美哉洋洋乎，大人之意，在高山也！'俞伯牙不答。又凝神一会，将琴再鼓，其意在于流水。樵夫又赞道，'美哉汤汤乎，志在流水！'只两句，道着了俞伯牙的心意。俞伯牙大惊，推琴而起，与樵夫施宾主之礼，请教高名雅姓？樵夫欠身而答，小子钟子期，俞伯牙就与钟子期结为兄弟，一年后，俞伯牙重访此处，钟子期却病死，俞伯牙摔了瑶琴以谢知音。"

王莲听得入了神，等李若蕙讲完，对李若蕙说："你讲得真好听。"

五十

星期二上班，李若蕙又给王莲讲了欧亨利的《麦琪的礼物》。星期三，李若蕙给王莲讲了《杜十娘怒沉百宝箱》的故事。星期四，李若蕙给王莲讲了莫泊桑的《项链》。接下来，李若蕙又给王莲讲了晏平仲二桃杀三士，《最后的常春藤叶》，李若蕙一天给王莲讲一个故事，王莲听得津津有味。

日子就这样一天一天地过去，渐渐地，李若蕙喜欢王莲的清纯可爱，王莲喜欢李若蕙的温文尔雅，他们相爱了。

车间主任程经纬和何成龙在念浙江工业大学大专班，程经纬高等数学的作业就叫李若蕙做，李若蕙没花多少时间，就做好交给了程经纬，程经纬把作业交给了老师，老师看了之后，对程经纬说："这不是你做的，能做出这样作业的是个

数学高手。"程经纬笑笑不言，给他一个默认，
从此程经纬更器重李若蕙。

凌日华来万向集团找李若蕙，问李若蕙借一
百块钱，李若蕙二话没说，给了凌日华。

袁光在车削车间实习了两个月，调到了公司
办公室，袁光是李若蕙的浙大校友，哲学专业毕
业，李若蕙看到袁光都上调了，心里并不着急，
心想在磨加工车间也不错，能与王莲经常在一
起。

10月1日，李若蕙与王莲去杭州玩，国庆
节这次公司发了两箱绿力冬瓜茶，10月2日，
李若蕙带了一箱冬瓜茶回宁波家里，路上被小偷
扒去三百块，李若蕙闷闷不乐，向父母要了两百
块，第二日就回萧山了。

10月4日，李若蕙到浙江大学与读研的同
学相聚，互道别来之情。

10月5日，李若蕙打了一天的乒乓球。

10月6日，李若蕙骑自行车去萧山市新华
书店，买了人民文学出版社的《战争与和平》一
书。

10月7日，国庆长假最后一天，李若蕙在

宿舍看书。

国庆长假后第一天上班，王卫莲抖擞精神，干得很起劲。只见褚敏优过来，神神秘秘地对王卫莲说："你妹妹王莲和李若蕙在谈恋爱，你知道吗？""是吗，这怎么可能？你是从哪儿听来的？"王卫莲说。褚敏优说："是真的，我亲眼看到他们两个手拉着手，很亲密的样子。不信你去问问你妹妹。"王卫莲说："我会去问的。"脸色虽然显得很平静，内心却如潮翻滚。

我妹妹只是个初中生，李若蕙却是大学本科毕业，怎么会合得来呢，王卫莲内心忐忑，上班也没了精神，到了五点钟，就早早下班了。

王卫莲回到家，劝王莲不要跟李若蕙交往，王莲不听。王卫莲找到了李若蕙的师傅许宏伟，叫他劝劝李若蕙。许宏伟跟李若蕙讲了一大通道理，无奈李若蕙也不听，李中生知道了，命人如此行事，那人找到王卫莲，叫她如此如此。

这个星期日，李若蕙去杭州买书，坐上公交车，很拥挤，李若蕙面前站着一个漂亮姑娘，李若蕙忍不住，又摸了那姑娘的屁股沟，这一切被王莲和她的姐姐看在眼里，王莲很伤心，她姐姐很高兴，李若蕙却不知道王莲也在车上。

王莲与李若蕙分手了，只说自己是初中生，配不上李若蕙，李若蕙很伤心。

五十一

李全祥的早橘收获了三万斤，有人出四毛钱一斤收购，李曼芝想去年有八毛钱，想等价格高点再卖，在金清寺和外村承包的桔子又收获了五万斤，没想到价格却越来越低，最后跌到只有 7 分钱一斤，李全祥李曼芝欲哭无泪，李全祥与小儿子李若竹，大哥李全吉一起去了黑龙江卖桔子，李全吉今年收获了十五万斤桔子，最后在黑龙江一毛钱一斤卖掉，所得还不够付人工，李中生阴笑。

自从与王莲分手后，李若蕙生活像失去了方向，不知道做什么好，一个人在宿舍开始看书，看了屠格涅夫的《罗亭》《贵族之家》，闻家驷译的《红与黑》等等，借此消解内心的悲伤。

生活还得继续，元旦过后，李若蕙照常上班了，到了 1 月 15 日，李若蕙被调到了公司办公室。公司还没有计算机，李若蕙写了一份报告，阐述建立微机室的重要性，交给了公司总经理申长江。申总看了报告，很以为然，于是叫李若蕙去杭州买计算机。花了一万多块钱，李若蕙为公司买了一台 IBM 公司的奔腾 586，还买了一台针式打印机，电脑操作系统是 Windows 95，李若蕙装了 Office，FoxPro 等软件，微机室算建立起来了。

公司有一台四通打字机，打字员赵娟说很方便，不用换到 Word 了，于是这台电脑就由李若蕙一人操作。

李若蕙看公司发工资都是手工计算，人员信息纸质存档，操作很不方便，于是用 FoxPro 帮公司开发了人事工资管理系统，人事部文员郑丽说操作很方便，自此轴承公司就用计算机打印工资单了。李若蕙又跟申总提出，要开发生产管理系统，零库存 MRP II 系统，申总说，你刚开发完人事工资管理系统，身体要紧，休息几天再说吧，李若蕙说没事，申总也就同意了，他哪里知道，李若蕙正是要拼命工作来消除对王莲的思念。

开发了半个月，春节到了，李若蕙回到宁波

家里，给奶奶、父母、堂妹都买了礼物，得知今年桔子的情况，李若蕙竟有点埋怨母亲，说应该在四毛钱的时候卖掉三万斤早橘，李曼芝更伤心了。正月初一到初五，李若蕙向亲戚长辈拜年，初六，与老同学相聚，互道别来之情，初七，回到了萧山。初八，正式上班，继续开发生产管理系统。

春节后，公司办公室新请了一个女文员，叫周春莉，年方二十二，长得清丽脱俗，由于工作的关系，经常到打字室来，与李若蕙也就认识了。

李若蕙夜以继日，一心扑在开发上，其他的事很少关心，只是偶尔会想起王莲，心头还会隐隐作痛。

那天晚上八点，李若蕙还在微机室做开发，想不到那日周春莉加班，到了八点，做好了事情，要下班了，单身一人晚上骑自行车回家，周春莉有点害怕，周春莉的家在市区，有二十分钟的路程，怎么办呢，周春莉想到了李若蕙，于是红着脸，对李若蕙说："李若蕙，今天晚上你能不能送我回家？"李若蕙说："好的。"于是李若

蕙停下手头的工作，关好门窗，送周春莉回家
了。

　　一路上，月白风清，李若蕙和周春莉并排骑
行，李若蕙想道："要是旁边的是王莲，那该多
好。"周春莉的家到了，周春莉对李若蕙说："多
谢你了。"李若蕙说："不用客气，我们是同事，
应该的。"周春莉说："那你回去小心点。"李若
蕙说："我会小心的。"周春莉说："明天见。"李
若蕙说："明天见。"

　　李若蕙回到办公室，继续开发生产管理系
统。到了十一点，才回宿舍休息。

　　第二日上班，李若蕙继续开发，周春莉过来
了，拿出一包巧克力给李若蕙："我请你吃，谢
谢你昨晚送我回家。"李若蕙说："说了不必客
气，多谢你了。"于是打开吃了，很甜，李若蕙
的心里起了波澜，觉得周春莉也不错。

五十二

　　日久生情，李若蕙周春莉彼此有了意，表现
就亲热了起来。在微机室，周春莉一来，李若蕙

就握着她的手，眼里全是情意，周春莉脸带红晕，任由李若蕙握着，赵娟看在眼里，说："你们真是天生的一对。"两人心中感到暖洋洋的，周春莉中专毕业，李若蕙并不在意。

一日下午，周春莉刚洗了头，就到微机室看李若蕙，李若蕙正在开发，看周春莉来了，就请她坐，周春莉坐下，脸带红晕，李若蕙轻抚她的秀发，周春莉抬起头来，四目相对，脉脉有情，此地无声胜有声，两人感到很幸福。

就这样过了几天，李若蕙正要向周春莉表明心意，突然气胸了。这日清晨醒来，感到右胸疼痛，于是到萧山市人民医院检查，拍片做CT，结果是气胸，李若蕙住院了，同病房的一个是肺癌，一个是肝腹水，李若蕙有点害怕，主治医生是个年轻的女医生，李若蕙感受到了她关切之情。

周春莉来看李若蕙了，带了一篮荔枝，满脸关切的神色，李若蕙感受到了她绵绵的情意，周春莉剥荔枝给李若蕙吃，李若蕙心头觉得很甜。公司同事来看李若蕙了，李若蕙谢了他们。周春莉和公司同事走了，那肝腹水的病人要跟李若蕙

下棋，李若蕙就跟他下了一盘棋，那人棋艺高
超，但李若蕙走得更巧妙，赢了这一盘，护士来
打针了，两人停手。

母亲来看李若蕙了，看到李若蕙一个人孤零
零地在萧山生病住院，李曼芝心中酸痛，眼泪掉
了下来，李若蕙说没事，只是气胸，住一个星期
就会好的，叫母亲放心，母亲打点李若蕙吃了中
饭，李若蕙要母亲回去，家里离不开母亲，母亲
回去了，李若蕙又躺在了病床上。

住了三四日，还未有起色，公司派人来接李
若蕙了，原来计算机系统故障，工资打印不出来
了，李若蕙坐专车到了公司，看到系统少了一条
skip 语句，于是把它添上，系统又能打印工资
了，公司办公室主任黄作栋把李若蕙送回了医
院，引起主治医生的抱怨，说气胸病人不能颠
簸。

又住了三四日，还是不见好，李若蕙晚饭后
散步去了市新华书店，拿了一本医书，看到肺
癌，想到自己的症状，一股凉意从头顶心一直浇
到脚后跟，李若蕙以为自己得了肺癌。李若蕙要
医生给他看CT，说阴影是肺癌，医生说只是气

胸，李若蕙不相信。住院快两星期了，气胸还不见好，李若蕙越发觉得自己得了肺癌，肝腹水病人找他下棋，李若蕙也心不在焉，输了，那病人同情地看看李若蕙。同病房的肺癌病人死了，李若蕙心惊肉跳。见气胸这么长时间都还没好，李若蕙的母亲过来，把李若蕙接到奉县人民医院托熟人找好的医生医治。

李若蕙却以为自己得了肺癌，整日担心，后来气胸好了，李若蕙觉得自己为什么会认为是肺癌，是不是自己脑子出了毛病，于是又担心自己得了神经病，整日茶饭不思，想自己得了神经病，怎么办。

邬莹、邬志兵、邬兴亮来看李若蕙，邬莹在宁波日报社，邬志兵在奉县电信局，邬兴亮在宁波电信局工作，李若蕙说，你们都很好，我现在这种情况，以后不知道会怎么样。邬莹说，你放心，你会好的。

李若蕙却一点信心也没有。

五十三

　　父母把李若蕙带回了萧山，送进了市红十字医院，也就是精神病院。在路上，李若蕙看到父亲流下了眼泪，这是李若蕙平生第一次看到父亲流泪，李若蕙心里很难过。

　　在红十字医院，住了单独的一个病房，母亲留了下来，照顾李若蕙。医生诊断李若蕙患了焦虑症，在医生的精心治疗下，李若蕙的病情在一天一天地好转，李若蕙早上去跑步，晚上看电视剧《精武门》，李若蕙的心里放松了不少，但有时还会有些烦躁。母亲无微不至地照顾着李若蕙，但李若蕙是个完美主义者，有时不顺心，竟对母亲发脾气，母亲红着脸，说："我辛辛苦苦地照顾你四十天，尽量做到最好，你还嫌这嫌那，你要我到底怎么做啊。"李若蕙听了，想道母亲这么辛苦，我居然还埋怨，我真不懂事，对母亲感到深深的内疚。

　　又住了几天，李若蕙的焦虑症好了，医生要李若蕙出院。李若蕙出院了，回到了万向集团。同事们用异样的目光看着他，李若蕙并不在意，继续开发生产管理系统。

　　想到周春莉，自己这种情况，就不要再继续

了，李若蕙内心很痛苦，下决心割舍了这段感情。

李若蕙买了一台彩电，熊猫 25 寸，花了四千多块，除了自己从公司报销的两千三百块医药费，还借了黄多寿的两千块，黄多寿是从总公司调到轴承公司，在人事部，经常来找李若蕙，与李若蕙关系不错。李若蕙很爱看中央五套的斯诺克比赛，亨得利，达赫迪的名字如雷贯耳，李若蕙经常与工友打台球，水平很不错。浙大校友黄芬、沈秋水她们却经常来李若蕙处看电视剧《年轮》，李若蕙每次都买了很多零食好好招待。黄芬对李若蕙有意，但长得不好看，李若蕙属意沈秋水，娇小漂亮，有一次沈秋水单独一人的时候，李若蕙春心萌动，竟把硬邦邦的下面往沈秋水的肩头靠，沈秋水走了，此后再也没来，李若蕙感到很后悔。

李若蕙还跟一个叫江重九的工友很要好，江重九是本地人，秋收的时候，李若蕙帮忙割稻，江重九经常到李若蕙处，一日李若蕙留宿江重九，两人同床而眠，半夜李若蕙感到有人在摸他下面，一下惊醒，看到旁边的江重九，破口大骂：“畜生，你给我滚出去！”江重九拿起衣服，夺门而出。

为开发生产管理系统，李若蕙到生产部实习了两个月。生产部经理郑河山很看重李若蕙，带着李若蕙到处跑外协车间，抽烟、喝酒、玩梭哈，李若蕙都应酬着，一次郑河山去了洗头房，叫司机在外等着，李若蕙开始搞不清楚状况，后来知道，远远避开，那姑娘哈哈一乐。

李若蕙与黄多寿他们打起了三打一，四个人，三副牌，李若蕙感到很过瘾。

元旦，李志强结婚，李若蕙过去，李志强很高兴。今年桔子的价格还没起色，李若蕙看到父母忧心忡忡，心中一阵难过。

找了陆宏，参考了他的软件，李若蕙完成了生产管理系统，告诉申总，申总却说谨慎试用，加上办公室主任黄作栋对自己很冷淡，工资在大学生中总是最少，到了六月份，李若蕙辞职了。

得知徐可平在宁波浙江育才学校教计算机，李若蕙也想到育才学校工作，要徐可平帮他介绍。

公司送李若蕙回家了，父亲有点生气，认为

李若蕙应该先找到新工作，再辞职。李若蕙说已经有点眉目了。

徐可平带着李若蕙到了人事处主任，计算机系主任的家，拿出毕业证、学位证，交了个人简介，李若蕙还拿出了高中数学竞赛全国三等奖的获奖证书，系主任同意李若蕙到育才学校计算机系工作了。李若蕙很高兴，谢了徐可平，徐可平笑着，说有浙大毕业证就够了，不用拿出高中数学竞赛获奖证书。

通过了试讲，1997 年 9 月 1 日，李若蕙到浙江育才学校计算机系上班了。

五十四

系主任郑春晖给李若蕙安排了计算机 96 的数据库技术课程，还要李若蕙担任计中 97 的班主任，浙江育才学校是专科学校，位于鄞县张隘镇卧龙村，有大专和中专，张隘镇靠近宁波市区。李若蕙上数据库技术课程，讲 FoxBase，得心应手，学生反映很好。担任班主任，李若蕙努力回想学生时代班主任的样子，尽量做到最好，李若蕙仔细看了学生们的档案，指定了班团干部，周洁担任班长，薄志军为副班长，程耀光为劳动委员，周洁是个女生，程耀光是奉县人，班干部们工作认真负责，学生们很信服。

李若蕙还被分配在周四周五晚上管理计算机机房，学生是付费上机，李若蕙仔细看着，徐可平过来了，李若蕙给他看了自己开发的生产管理系统，那干净友好的界面，正确的数据弹出，使徐可平感到惊艳，对李若蕙感到由衷地佩服，李若蕙谦虚地说，参考了同学的软件，不然做不出这么好。

星期六，刘朝辉搬家了，李若蕙和徐可平去帮忙。刘朝辉在南京路上好八连当了三年的兵，分配到奉县公安局。李若蕙的好友王丰华分配到了浙江船厂，李长丰在北京的一个研究所工作，从事地球空间科学的研究，陆运来则留在上海读研究生。李若蕙徐可平到了镇上，刘朝辉已经搬完，看到李若蕙徐可平，刘朝辉很高兴，热情招待他们吃了中饭。刘朝辉给李若蕙徐可平看他的诗作，李若蕙看了之后，觉得写得真不错，和以往大不一样。

　　星期日，计算机系党员老师去余姚河姆渡游玩，李若蕙、许聪慧和系主任郑春晖等十几个老师一起，坐船从姚江溯流而上，到了河姆渡遗址，参观完了，在门口合影留念，李若蕙那丰神俊雅的神态，许聪慧为之倾倒，许聪慧是去年分配到育才学校的女老师，比李若蕙小一岁，长得蛮漂亮，李若蕙对她印象也很好。

　　秋高气爽，李若蕙带着学生到东钱湖游玩，坐游船，游小普陀，看花瓶姑娘，同学们很兴奋，李若蕙很开心。

　　学生李林茂的生活费用光了，向李若蕙借两百块，程耀光的手骨折，问李若蕙借三百块医药费，李若蕙都给了，学生们有困难，老师帮助理所应该，李若蕙这样想。

　　路上，李若蕙遇上了高岳、单桂芳、许兴国，高岳单桂芳是一对，也是今年来学校的，李若蕙听徐可平说，高岳第一次上课，心里紧张，把绪论写成了诸论，想到此处，李若蕙冲着高岳善意的笑了笑，许兴国则是去年来的，有时与李若蕙一起打台球，关系不错。

一日下午，李若蕙正在办公室看书，同室的黄小波、王勇在聊天，黄小波和王勇都是今年来育才学校的，是安徽老乡，黄小波三十多岁，她丈夫在育才学校，她跟着从别的单位调了过来，王勇却是应届毕业生，年纪比李若蕙大两岁，王勇要黄小波为他介绍对象，黄小波说，女孩是有，是张隘镇幼儿园老师，但她要宁波本地人，所以你够不上这个条件，很可惜。李若蕙听了，心中一动，对黄小波说："黄老师，我是宁波本地人，你帮我介绍介绍。"黄小波说："好的。"

五十五

黄小波跟李若蕙约好 11 月 28 日星期五晚上六点半，与那姑娘在张隘公园见面。李若蕙借了室友章大兵的自行车，与黄小波一起驶向张隘公园，李若蕙住教工宿舍，两人一间，章大兵是他的室友，兰州大学哲学专业应届毕业。骑了十分钟，到了张隘公园，见到了那姑娘，黄小波告辞，李若蕙见那姑娘长得挺漂亮，心里很高兴，两人作了互相介绍，李若蕙知道了那姑娘叫章迎君，比他小一岁，张隘镇章家村人，住张隘镇上，有一个弟弟，在市面粉厂工作。张隘电影院就在附近，李若蕙带着章迎君看了场电影，没想到看完出来，自行车丢了。

李若蕙把章迎君送回了镇上青年路她的家，她家开了一家电子游戏机店，里面有人在打游戏机，李若蕙看到门窗里面应该是她母亲看到李若蕙他们，笑着转过了身去，章迎君对李若蕙说，这是她妈妈，看到你长得英俊，很高兴，章迎君推出一辆自行车，给了李若蕙，说这辆自行车以后就给你骑了，李若蕙回到了育才学校。

彼此有意，第二次约会，李若蕙叫农学系的沈新国去苗圃新摘了二十朵新鲜的玫瑰花送给了章迎君，章迎君很高兴，又觉得好笑，这玫瑰花也不包装一下。章迎君叫李若蕙这个星期六中午到她家吃饭，李若蕙说一定来。

到了星期六中午，李若蕙买了礼物，到了章迎君的家，一间四楼，一楼开游戏机店，二楼客厅和厨房，三楼四楼是卧室，李若蕙见了章迎君的父亲章国栋，母亲褚幼娥，弟弟章建军，章国栋对李若蕙说："章迎君是农村户口，你如果接受的话，就要好好待她。"李若蕙说："我是真心的，一定好好待她。"章迎君的二阿舅褚为民，姨爹裘正健，表哥褚关山也过来了，几个人吃起了中饭，几个人竭力劝李若蕙喝酒，李若蕙来者不拒，一一喝了，但酒量不行，没几杯就醉了，跌跌撞撞地坐中巴车回学校了。

同室的华仲达对李若蕙说，要把系主任的女儿介绍给他，李若蕙说，多谢你了，我现在正在跟一个女孩子交往，不想三心二意，非常抱歉。华仲达五十多岁，是个老讲师，今年刚评上副教授，李若蕙很尊敬他，他对李若蕙也不错。

李若蕙也带章迎君去李家村见了父母。

章迎君的外公去世了，章迎君带着李若蕙到章家村祭奠，晚上守着灵堂，褚为民、裘正健、褚关山请李若蕙一起打起了麻将，打到了天亮。

元旦，李若蕙的堂姐李若兰结婚，请李若蕙和章迎君过去。李若兰前几年在不好的小姐妹的引诱下，误入歧途，所幸同村的一个同年的男子李敬华不嫌弃，誓意娶她，李若兰充满了感激，

对他是一心一意，决定终生相随。李全吉、李全
祥的桔子价格还是低迷，两家在想办法另谋出
路，李全如跑黑龙江做生意，也没赚到钱，李全
意妄想有人迫害，在奉县精神病院住了三个月，
出来后在苗春丽姐夫的帮助下，卖起了皮蛋。李
若松劳务输出，去了外国，李若竹没有正式工
作，打打零工，李若龙去了衢州武术学校学习，
李若雪聪明活泼，上了李家村小学。

李若蕙和章迎君吃过酒，闹起了洞房，李长
丰的哥哥对章迎君表现亲近，李若蕙竟吃起了
醋。

第二日李若蕙还有课，一早，李若蕙章迎君
回张隘。

五十六

李若蕙平时上完课之后，就去青年路章迎君
的家，帮她妈妈管着游戏机店，游戏机生意很
好，空闲之余，李若蕙为打发无聊的时间，也打
起了游戏机，双截龙，彩京 1945，名将，李若
蕙也觉得很好玩，怪不得有这么多中小学生喜欢

打游戏机。李若蕙一看游戏机店生意这么好，叫父亲过来盘一间游戏机店，李全祥从同村的一户人家那儿借了两万元，到了张隘，没想到有人争着盘，价格从一万五升到了三万块，李全祥只好退出了，李若蕙拿了这两万元钱，竟去买了一台电脑，赛扬333的，花了七千多块，李若蕙的母亲得知，要李若蕙去退掉，借的可是两分利啊，李若蕙说上课要用，以后结婚的钱就不来拿家里的了，父母无奈，拿了剩下的一万两千块走了。

期末考试到了，有学生不及格，拿着一条大红鹰，来到了青年路，要李若蕙补考手下留情，李若蕙收下礼物，说没问题，要学生放心。

放寒假了，李若蕙在章迎君家呆了一个星期，离春节还有四五天，李若蕙回到了李家村。去罗蒙买了套新西服，去县城药店买了东阿阿胶和一支人参，正月初一到章迎君家来给她的父母拜年了，章国栋褚幼娥很高兴。章迎君带着，又去章迎君的大舅褚为国、二舅、小舅褚为中、阿姨褚小娥家拜年，褚关山请了李若蕙吃饭，吃完饭，褚为民、裘正健、褚关山和李若蕙斗起了地主，打的是五块十块，李若蕙觉得很过瘾。

正月初四，李若蕙带着章迎君到李家村拜年，李若蕙的姑姑李静玉也在，晚饭过后，李静玉、苗春丽、李若兰和李若蕙打起了麻将，李若蕙打得正酣，突然章迎君过来翻乱了牌，叫李若蕙不要打了，说她爸爸喜欢赌博，她从小很讨厌赌博，不希望自己的丈夫也是个赌鬼，李若蕙只得不打了，还哄着章迎君，说以后不打了，李静玉苗春丽李若兰感到很扫兴，但也不好说什么，走的走，睡的睡。

初六，褚关山骑助动车带着章迎君阿姨的女儿裘君蝶一起到了李家村，李若蕙陪他们到海边皮家滩头去看海，李若蕙的二姨丈今年养了牡蛎，见到李若蕙他们，请李若蕙、章迎君、褚关山、裘君蝶吃牡蛎，拿起整根水泥柱，在火堆上烤，牡蛎长在水泥柱上，火一烤，都张开了，褚关山吃了一个，觉得味道异常鲜美，赞不绝口。

<h2 style="text-align:center">五十七</h2>

第二学期开学了，李若蕙上汽修96的大学计算机基础课程，讲课熟练生动，深受学生们的

喜爱。李若蕙看到薄志军工作积极，干劲充足，于是叫他当了班长，原来的班长周洁担任团支书，原来的团支书工作表现不佳，被撤下了。裘君蝶上六年级，李若蕙在张隘镇汇鑫商场买了一辆自行车送给了她，裘君蝶很感激，对李若蕙很尊敬，写作文《我最喜欢的人》就写了李若蕙，她这样写道："大学教师，风度翩翩，学识渊博，对学生爱护有加……"

四月四日，李若蕙坐中巴车从卧龙村到张隘镇，三里的路，五分钟的车程，李若蕙上了中巴车，看到一个很漂亮的姑娘，李若蕙从未看到过这么美的女孩，竟自惭形愧，不敢坐在她身边的空位上，到了张隘镇，李若蕙下车，那姑娘的形象深深的烙在了脑海里。

清明，章迎君带着李若蕙去给她外婆上坟。

五月一日，学校发了两桶油，四桶油一箱，李若蕙用箱子装了油拿到青年路给章迎君的母亲，章建军看到了，说两桶油用四桶油的箱子，别人还以为送了四桶呢，李若蕙听了，不大高兴。

一日，章迎君对李若蕙说，东钱湖有一个长

得很像她的人，有一次爸爸的朋友在舞厅看到很像的人，以为是她，于是对她爸爸说，她爸爸说那绝对不会是章迎君，章迎君从不去舞厅的，后来一看，果然不是，李若蕙听了，也没在意，心想有长得很像的人也不稀奇啊。

厉蕾的户口一直落不了户，厉蕾九三年浙大机械系毕业，分配到了浙江育才学校，厉蕾是个才女，会弹琴，会画画，就是长得不大好看，与徐可平配成了一对，厉蕾成了徐可平的女朋友，徐可平也不嫌厉蕾比他大两年，厉蕾也不嫌徐可平长相特别，两人关系很好。这次厉蕾跟李若蕙说，她的户口还没落户，李若蕙说，章迎君一个朋友的朋友与派出所关系很好，可以请他帮忙，章迎君答应了，那朋友关照了派出所，厉蕾落户了。徐可平厉蕾请李若蕙章迎君看了场电影《风云雄霸天下》，算是谢了李若蕙章迎君。

章迎君对李若蕙说，她很喜欢电影《茜茜公主》，叫李若蕙到宁波给她找 VCD 碟片，李若蕙东奔西跑，总算在柳汀街找到了《茜茜公主》三部曲，给了章迎君，章迎君很高兴。李若蕙则在章迎君家看起了 97《天龙八部》录像，李若蕙金庸小说看得滚瓜烂熟，对电视剧主要情节也了然于胸，边看边讲解，章建军很惊佩。

五十八

徐可平和厉蕾结婚了，也没办酒席，只请了要紧的亲戚朋友吃了顿饭，李若蕙章迎君也被请了，徐可平的表弟王成钢也来了，王成钢是李若蕙弟弟李若竹的同学，与李若蕙也认识，吃完之后，王成钢向李若蕙借了《欧亨利短篇小说选》一书。李若蕙章迎君回到青年路，李若蕙见到一个和尚，章迎君对李若蕙说："那和尚是育王寺的，是我妈在育王静修的时候认的干儿子。"章迎君的妈妈吃斋拜佛，经常到各寺院去。李若蕙想对章迎君说："和尚都是很色的，你要小心一点。"但话到嘴边，又咽了下去，觉得不好启齿，心中有点闷闷不乐。

98 世界杯开始了，李若蕙很喜欢巴蒂斯图塔，是阿根廷的球迷，阿根廷的比赛每场必看，鄞县中学的学生在游戏机店玩起了实况足球，李若蕙则玩起了红色警戒，与别人连线对打，造坦克，空降兵，放电塔，李若蕙打得不亦乐乎。一次发现鄞县中学的学生皮夹子拉下了，李若蕙对那学生说，你皮夹子掉了，那学生捡起皮夹子，很感激李若蕙。阿根廷与英格兰的比赛，李若蕙看了，很精彩，阿根廷惨胜，伤了元气，在接下来的比赛就输了，最后席位八强。

李中生想挑拨李若蕙与江泽民的关系，想让江泽民对付李若蕙，觉得这样实施迫害就更名正言顺些。李中生命人如此行事。

暑假，李若蕙和章迎君散步去张隘公园，突然李若蕙腿酸软，只好坐三轮车回来。看了好多医院，以为是乙肝，后来去鄞县人民医院看，拍了CT，说是腰椎间盘突出，李若蕙去李惠利医院做针灸，做推拿，做牵引，其他时间则在章迎君家卧床休息，看到有一个收音机，李若蕙没事做，就听了起来。

李若蕙听自由亚洲电台，听伟联热线，了解了抗日战争的真相，了解了六四动乱的真相，了解了民主社会的优点，知道了世界除了社会主义还有一种民主制度，了解了民主制度的精髓，李若蕙进入了一个奇妙的世界，头脑被新思想包围着，原来其他国家的人是这样生活的，我们为什么不能像其他人一样生活，我们为什么不能是民主社会，我们为什么不能推翻专制制度，李若蕙对以前作了颠覆，开始成为民主人士，开始反党反国家，更加反对起中共中央总书记江泽民。

五十九

98 年 7、8 月份，长江洪灾，各地军民抗洪救灾，李若蕙对徐可平说："什么江泽民，简直是江害民。"又对徐可平说了民主社会的优点，你们是井底之蛙，不晓得外面的世界，徐可平听了，争辩了一下，说我也在看时事新闻，李若蕙说，那你应该看看《南方周末》，徐可平说，好的，我看一下。

9 月份，新的学期到了，李若蕙上计算机 97 的离散数学课，教材是上海科技出版社出版的《离散数学》，晦涩难懂，李若蕙每晚备课到 11 点，弄明白为止，但学生反映却不好，说听不懂，并向系里提了意见。李中生得知，机会来了，命人如此行事，那人到了育才学校。

　　一日，李若蕙正在上离散数学课，那人用脑电波控制仪控制了李若蕙，对学生们说："李若蕙不学无术，专门在公交车上猥亵妇女，是公交色狼，根本不懂离散数学，我们要惩罚他。"说完，叫李若蕙脱下裤子，当众手淫，李若蕙一一照办，学生们目瞪口呆，李中生的心里再一次得到了满足，那人走了，这些李若蕙都不知道，李若蕙继续上课。

　　下课了，一个叫任无畏的学生说："这个人是畜生，中国现在畜生当道，真不幸。"祸从口出，任无畏还不知道他埋下了不幸的种子。

　　期末的时候，徐可平到浙大考研去了，李若蕙在准备浙大计算机硕士在职进修，一个不幸的消息传到了李若蕙的耳朵，任无畏自杀了，患抑郁症跳楼自杀了，事实却是李中生命人用脑电波控制仪控制了任无畏跳楼，任无畏坠地身亡。这些李若蕙不知道，但其他师生们都知道，杀鸡儆猴，从此对李若蕙的迫害，再也没有人敢多言一句。

　　徐可平考上了浙大计算机专业的研究生，李若蕙报了浙大计算机硕士班，集中学习日期从

99 年 2 月至 00 年 6 月，第二学期一开始，李若蕙就去了浙大，这先一学期晚上双休日排了课，李若蕙就住在了浙大陆兴邦处，陆兴邦在念计算机图形学博士，有空床位。李若蕙在认真地学习着，大学没好好学，李若蕙一直耿耿于怀，这次念硕士一定要好好学，李若蕙下定了决心。

浙江育才学校却改制了，改制成民办学校，更名为浙江育才学院，成为本科院校，这要归功于许春芳女士非凡的魄力，许春芳女士聘请了原深圳大学校长殷开祥担任校长，计算机系主任也换了一个程宣教授。

六十

99 级新生就要招进来了，宿舍楼还未建好，就把在卧龙村的教工宿舍先给学生住，老师则由学校统一在市区矮柳新村租了房子，李若蕙也分到了一套，李若蕙与章迎君去年年底领了结婚证，这一学期硕士班晚上没排课，只有双休日有课，李若蕙平时就回到了宁波，但学校批准的是一年脱产进修，所以李若蕙也不用上课。李若蕙在准备结婚。

　　李若蕙到东站去看家具，坐上了中巴车，李若蕙坐在最后一排，还有一个男子坐着，那男子要下车了，李若蕙看到座位上有个钱包，里面大概有两三千块钱，很明显是刚才那男子掉的，李若蕙毫不迟疑，对那男子说，你钱包掉了，那男子拿起钱包就走了，也没说声谢谢。

　　章迎君对李若蕙说，家具她们会负责，电器要你们负责，李若蕙没钱，章迎君叫李若蕙想办法，李若蕙对章迎君说，你告诉我父母，我为婚事担心，身体不好，我父母自会想办法，章迎君照做，李若蕙的父母过来了，拿出五千块钱给李若蕙，对李若蕙说，家里只有这么点钱，都给你拿来了，你不要担心，我们再想办法，李若蕙把钱接到手里，心里感到沉甸甸的。

　　用五千块钱，买了一台夏普 29 寸彩电，章迎君一定要一个 DVD 机，李若蕙东拼西凑，花了二千多块钱，买了一台先锋 525DVD 机，剩余的家具电器全由章迎君出钱购买，李若蕙说有了 DVD，最好有功放音箱，章迎君出钱，叫李若蕙一一买了。

花了三千块钱，李若蕙与章迎君拍了一组结婚照，有中式、西式，章迎君穿上婚纱很漂亮。

准备好了新房，2000 年 1 月 9 日，李若蕙结婚了，中午在女方张隘饭店，办了十桌，李若蕙叫了刘朝辉、王丰华、邬兴亮、李卫东等同学过来陪酒，晚上在男方李家村大庆，办了二十桌，李若蕙的父亲把能请的亲戚朋友都请了，场面很热闹，李若蕙还请了李志强、庄盛光等同学，与先前的刘朝辉、王丰华等同学坐了两桌，徐可平未来，张隘幼儿园的几个老师和裘君蝶来做了陪娘子，李若蕙叫大家好生对待。酒席结束，李若蕙章迎君回到了宁波矮柳的家。

第二日晚上，在宁波新兴大酒店办了两桌，李若蕙宴请学校人事处主任程作华和计算机系的同事们，程作华说菜很好吃，不愧为大酒店。

六十一

新的一学期开始了，这一学期浙大计算机硕士班只排了双休日上课，育才学院则给李若蕙排了一门计算机 99 的 C 语言程序设计课程，位于高教园区的新校区已经建成。在宁波矮柳新村的房子也不租了，李若蕙搬到了卧龙村的教工宿舍，两室一厅，50 平方，李若蕙感觉不错。李若蕙住一楼，对门住着高岳单桂芳一家，单桂芳的母亲进进出出，与李若蕙常见面，李若蕙对她很亲近。

李若蕙上 C 语言课，中规中矩，学生们反应不错，早晚有校车接送，李若蕙觉得挺方便。没课的那几天，李若蕙上网了。配置了猫，在电信办理了一个账号，电脑可以上网了，李若蕙接触到了外面精彩的世界，一切都是那么新奇，李若蕙特别爱上网易，网易是邬兴亮室友丁磊南下广州创办的网站，开自由之风，引百家论坛，李若蕙特别喜欢网易的军事论坛和三眼论坛，网友们针砭时弊，尖锐大胆。李若蕙也发帖，畅谈时事，毫无顾忌，渐渐地引起了当局的注意，论坛被封了。李若蕙和一些志同道合的网友转到了网友自办的民主论坛，李若蕙在那里看到了刘晓波的文章，觉得他对专制制度的揭露一针见血，对民主制度的建设有理有据，李若蕙如饥似渴地吸收着思想的营养。

　　在网易论坛上网的时候，有几个发言与民主思想对立的人士，李若蕙觉得应该感化他们，使民主队伍更加壮大，看了刘晓波的文章后，觉得很有说服力，于是就把网友的民主论坛告知了那几个思想对立的人士，没想到过了几天后，民主论坛也被封了。

　　李若蕙双休日去杭州浙大计算机班上课，坐高速大巴，星期六一早过去，星期日晚上回来，还是蛮辛苦的，李若蕙觉得还是学到了东西。

　　李若蕙要结婚的时候，章迎君的母亲觉得李若蕙章迎君收入不多，于是盘了一家游戏机店给李若蕙他们开，李若蕙把它开在了卧龙村，买了十台索尼PS机，专门打中型游戏，李若蕙叫弟弟李若竹帮忙看着，李若竹从早到晚，就一个人看着，晚上睡在游戏机店，吃饭则在旁边的快餐店买个便当，炒份炒年糕了事，老板娘看了挺心疼。

　　原先学生住卧龙村的时候，游戏机店生意很好，日日爆满，晚上到凌晨一点还有人打，现在学生不住了，游戏机店生意一落千丈，李若蕙打算把游戏机店盘掉。

六十二

　　李若蕙认识了几个新来育才学院的老师，99
年来的有卢伟男，赵沁芳，赵易博，萧五行，黄
弄潮，陆荣，施丰伟，章晓，厉扬，王怡。卢伟
男四十多岁，是副教授，从北方院校跳槽到育才
学院，担任计算机系副主任，赵沁芳三十五岁左
右，从机械系跳到计算机系，是女讲师，赵易
博、萧五行、黄弄潮、陆荣、施丰伟、章晓是
99 年应届本科毕业生，厉扬、王怡是一对，都
是硕士研究生毕业，程宣待他们非常之好，对李
若蕙则冷冷淡淡的。

　　游戏机店开不下去了，李若蕙开始盘店，中
型游戏不能开了，李若蕙卖起了索尼 PS 机，五
百块一台，买来的时候都是一千多块一台，只打
了大半年，学生们抢着购买，一下子就卖光了，
电视机则卖不出去，李若蕙送的送，留的留，给
父母也给了一台。游戏机店文化许可证可以转一
万块钱，徐可平买矮柳房子，问李若蕙借一万块
钱，李若蕙答应了，等执照转出就给。没想到李

101

若蕙的父亲正要养獭兔，缺三千块钱，李若蕙的执照一转手，李若竹就问哥哥要三千块，父亲养獭兔要用，李若蕙给了，只剩下七千块钱，李若蕙答应徐可平的后来只给了五千块，李若蕙觉得抱歉。

2000 年 9 月份，新的一学期开始了，计算机系又新来了几个老师，有郑芬，袁兴，赵继丹，赵才高，袁敬国。郑芬、袁兴、赵继丹是应届本科毕业生，赵才高、袁敬国从北方院校过来，都是讲师，两人关系很好。李若蕙给安排了一门计算机 99 本的数据库原理课，李若蕙讲课熟练生动，深入浅出，学生们反应很好。

老师的教学参考书可以自行购买报销，李若蕙也买了几本，没想到去报销叫程宣签字的时候，程宣却不同意，说老师的书可能买重了，要规划一下，李若蕙去找了卢伟男，卢伟男也有签字权，卢伟男很爽快的签了，萧五行也有几本书要报，找程宣，照样不给报，李若蕙建议萧五行找卢伟男签，萧五行却把此事告诉了程宣，程宣找来李若蕙，说同意他报了，要李若蕙拿书给他签，李若蕙说已经找卢主任签了，程宣很生气，李若蕙只觉得恶心。

程宣收回了卢伟男的财务签字权，卢伟男责怪了萧五行，萧五行是紧跟卢伟男的。

电信又涨价了，在新浪评论，全国人民都在骂中国电信，这都在李中生的筹划之中。李若蕙从跟贴上知道了电信老总是江泽民的儿子，于是李若蕙开骂了，仿虞美人写了一首词，其中有两句这样写道："电信涨价何时了，……，只恨中国电信狗娘养！"网上的骂声嘎然而止，平静之中，李若蕙感到有些害怕。

晚上，有人打电话来，是程宣，说这个号码是你的，李若蕙说是，心想是不是骂电信的 ip 被查到了，江泽民不知道会怎么样对付他，正担忧间，程宣却说，学校要分出一个基础学院，问李若蕙是留在计算机系，还是去基础学院，李若蕙说留在计算机系，程宣说好的，挂了电话，李若蕙虚惊一场。

六十三

卢伟男，赵才高，萧五行，施丰伟，原来的系秘书单桂芳和系总支副书记等老师去了基础学院，其他大部分老师则留在了计算机系，虽然与程宣关系不好，李若蕙还是留在了计算机系，系秘书则由王香屿担任，总支副书记由黄宏诚担任。

李全祥养起了獭兔，在海塘的原桔子地上搭起了窝棚和住的小房子，平时李全祥夫妇就住在那儿，元旦，李若蕙带着章迎君去看父母，买了一个 VCD 机和电视天线，父母很高兴，李若蕙帮他们安装好了电视天线，可以看中央、浙江等几个台了。李若雪也在，李若雪上四年级了，学习成绩在班上数一数二，李全意很小心的看着李若雪，晚上一定要找到李若雪一起早早回家，一定要李若雪回家了才睡觉，李若雪见到李若蕙章迎君，很亲热，一起吃了晚饭，李若蕙章迎君在李家村家里住了一夜，第二日回到了卧龙村。

学校在高教园区校内造了教师公寓，1200 块一平方卖给学校的老师，外面的飞虹新村在卖 1800 块一平方，李若蕙决定买教师公寓的房子，看中了一个 91 平方的三室两厅的套型，首付三万块，李若蕙问章迎君阿姨褚小娥借了两万，向章迎君妈借了一万，付了首付，签了购房合同，房产证土地证要以后再做。

李若蕙开始装修房子了，问王丰华借了一万，向陆兴邦借了一万，章迎君的妈给了两万，李若蕙联系管道工、水泥工，先做了起来，原有的电线很好，电工就不需要了，章迎君的二阿舅褚为民是个木工，木工就交给他做了，李若蕙跟着去装潢市场买木材，褚为民谈好了，李若蕙还东问西问，给章迎君的二舅妈善意地说了一句，"李若蕙做事真细致。"

木工结结实实地做了两个月，油漆做完等了两个月，李若蕙搬进去了，搬家的时候李若蕙小心翼翼地收拾好 DVD、功放、音箱，书等物件，衣服、碗筷等该章迎君收拾的却没收拾好，一阵仓促，李若蕙也不知道丢了什么东西，只发现平时穿的一双皮鞋不见了。

搬进去之后，还有点油漆味，李若蕙去花鸟市场买了许多植物，有铁树，吊兰等吸收苯的植物，李若蕙感觉好了很多。

李若蕙叫弟弟和二姨妈家的表哥把李家村家

里的四百本大多是文学书运过来，表哥开着拖拉机过来了，与李若竹把书搬到三楼李若蕙的新家，李若蕙心想，这次搬完，以后总算不用再搬了。李若蕙留表哥和弟弟吃了中饭，看了《黑鹰坠落》DVD，之后表哥和弟弟回去了。

李若蕙住了新房子，感到很舒服，总算有自己的家了，但学校却传来一个不好的消息，原育才学校的老师没有八万块购房补贴，而新来的不管是 99 年的还是 00 年的都有，这很不公平，而且毫无道理，反过来，原育才学校老师有补贴，新来的没有还说的过去，李若蕙却不知道，这是李中生在搞鬼。

六十四

李若蕙与赵易博的关系很好，初次见面，赵易博就对李若蕙说，你就是浙大数学系毕业的李若蕙啊，你数据库的课上得真好，李若蕙听了，感觉赵易博是真心想和他交朋友的，于是跟赵易博成了好朋友，这次学校招生，赵易博就向招生办主任推荐李若蕙一起招生，现在招生都是网上招生，赵易博负责技术工作，看李若蕙精通数据库，就叫李若蕙一起做技术支持，李若蕙答应了，招生办主任同意了，李若蕙就和赵易博还有招生办主任、招生老师在新河宾馆开始招生了，下载数据，导数据，选择学生，上传结果，忙了两个星期，招生完了，这次一共招了四千多名本科生，都住基础学院。

学校在准备本科评估，计算机系也在积极准备着，邀请了英国专家对计算机的教学作一个评估，计算机课程的试卷被翻译成英文给英国专家看，英国专家看了李若蕙出的数据库原理期末试卷，赞不绝口，尤其是对要求学生写出发生突然停电数据库恢复的过程那道，竖起大拇指，连声说，Very Good，Very Good，认为达到了英国诺丁汉大学本科水平，说要见见那个出卷老师，程宣应和着，说李若蕙现在不在学校，下次有机会再见吧。

这学期，系里给李若蕙安排了计算机 00 本的数据库原理课，班上有一个学生叫赵武的，作业不好好做，上课不好好听，李若蕙批评了他，没想到下课后，赵武与另一个学生走到李若蕙面前，赵武用杭州话骂了一句，他妈的，李若蕙听得懂杭州话，见赵武骂他，刚要发作，突然心中一阵害怕，看赵武身材高大，长相凶恶，他要打我怎么办，李若蕙一声不吭，走了。李若蕙向程宣反映学生用杭州话骂他，程宣说要严肃处理，后来赵武妈妈向李若蕙道歉了事。

李若蕙还担任了计算机00专升本的离散数学课程的教学，教材选用的是高等教育出版社出版的耿素云、屈婉玲编著的《离散数学》，这本教材通俗易懂，李若蕙备起课来毫不费力，上课讲解轻松自如，学生反应良好。

李若竹结婚了，与一个江西来奉县打工的姑娘何镜月结婚了，何镜月比李若竹小一岁，长得并不好看，在婚礼上，李若蕙看到弟弟憔悴瘦小的身影，心中有点难过。

在职硕士英语水平考试，李若蕙也过了，去年过了专业水平考试，两门都过了，李若蕙可以做论文了，李若蕙去了杭州浙大，找导师。李若蕙找了数据库老师，数据库老师说很忙，没有时间带他，向李若蕙推荐了一个陈才华老师，说是做数据库和电子商务的，李若蕙去找了陈才华老师，向他说了自己的一些情况和以后的打算，希望陈才华老师做他的硕士生导师，陈才华老师答应了，李若蕙很高兴。陈才华老师是博士生导师，电子商务资深教授，有很高的学术造诣。李若蕙自己选了一个题，"网上图书馆的设计与开发"，陈才华老师说好，李若蕙就照着这个题目做起了课题开发和硕士论文。

六十五

李若蕙夜以继日，努力钻研，开发课题，查找资料，经过陈才华教授的多次指导，花了一年时间，硕士论文终于完成了。

计算机系与数学研究所合并了，成立了计算机与信息学院，原数学研究所所长夏厉山担任院长，书记则从外系调来一个黄美香担任。夏厉山33岁，浙大数学系博士，是浙江省最年轻的教授，黄美香快到退休年龄，在别系工作得不大融洽，被调来新成立的计算机与信息学院。夏厉山、黄美香还有一个原数学所的高春美老师，待李若蕙非常之好，李若蕙能感受到他们的关切之情。

　　楼上住着的郑正老师经常叫李若蕙帮忙修电脑，李若蕙有求必应，郑正老师是三十五岁左右的女老师，教英语，长相显得老气，但还是有几分风韵，郑正有一个在上小学的女儿跟她一起住，一日，李若蕙问郑正借了本英文辞典，不经意间发现书里面有根女人的阴毛，李若蕙仔细一看，那页正好有阴道这个英文单词，李若蕙霎时兴奋起来，心想这可能是郑正在向我示意，于是李若蕙把那根阴毛保存了起来，自己也拔了根阴毛放在阴茎这个单词的那页，把书还给了郑正，等了几日，不见响动，李若蕙也就作罢。

　　李若竹的妻子生了，生了一个男孩，李若竹要哥哥给他儿子起个名字，李若蕙苦思冥想，就是想不出一个好名字。

　　李若蕙的硕士论文要答辩了，李若蕙去了杭州浙大，顺利地通过了答辩，李若蕙很高兴，坐高速大巴回宁波。在车上，突然冒出一个念头，李劲风，劲风知竹节，李若蕙想到了侄子的名字，当时就打电话给李若竹，李若竹就给他儿子起名为李劲风。

时间到了 2003 年 3 月，非典来了，隐瞒、信息错乱造成的恐慌在蔓延，一片人心惶惶，江泽民退了，胡锦涛成为中共中央总书记，但军委主席一职江泽民还担任着。看到非典肆虐的局面，胡锦涛果断公布正确的疫情信息，虽然数字扩大了，但恐慌终止了，人们不再担心害怕，只是在家少出去。所以，李劲风的满月酒，李若蕙没过去，李若蕙送了一对银手镯托人带过去。

非典结束了，李若蕙的硕士学位证书拿到了，李若蕙很高兴，本科没好好学，硕士总算补偿了。一日，李若蕙上网，页面突然弹出网大论坛，李若蕙想起徐可平以前曾对他提起过网大论坛学生们论战很热闹，叫李若蕙有空看一下，李若蕙当时很忙，也没怎么在意，这次网大页面弹出，李若蕙却是进去了。发现一片硝烟弥漫，有人在攻击浙大，语言粗鲁下流，李若蕙忍不住，发帖护卫浙大，李若蕙不知道他已进入了一个深渊。

李若蕙发现是中科大的人在攻击浙大，于是李若蕙化名李泽世，反过来攻击中科大，过了几天，李若蕙发现攻击的人可能是南京大学，于是李若蕙攻击南大，又过了几天，李若蕙发现攻击的人似乎是上海交大，于是李若蕙就开始攻击起上海交大来了。

申高杰结婚了，婚宴请了李若蕙，本来同学之间不用送钱的，王丰华结婚，申毅武结婚，刘朝辉结婚，陆运来结婚，李若蕙都没送，但这次申高杰办在中兴国际大酒店，档次很高，与申高杰的交情处在互相欣赏的状态，李若蕙包了一个红包，但手头上只有一百多块钱，李若蕙就包了一个一百八十八元的红包，显得寒酸，但这是李若蕙的一点心意，申高杰拆开红包，并未介意。

同事赵继丹要买房，向李若蕙借一万元，李若蕙没有这么多钱，问朋友借了一万块给了赵继丹，赵继丹表示了感谢。

六十六

赵易博来找李若蕙，说原机械系的王文武教授要他开发一个汽修软件，赵易博请李若蕙参加，还想叫 00 年来的袁兴一起开发，李若蕙答应了，用 Delphi，三人夜以继日，在实验室做开发，终于完成了，王文武教授带着他们到各个汽修厂安装，一千元一家，王文武给李若蕙他们每人发了一万元，说以后有安装还会发，李若蕙很高兴，觉得王文武教授真不错。

赵才高、袁敬国来找李若蕙、赵易博，说有一个海运软件请他们做升级开发，开发软件指定要 Visual FoxPro，李若蕙赵易博答应了，几个人做起了开发。后来龙星计划下来了，暑假李若蕙要和赵沁芳一起去北京参加计算机图形学的培训，所以李若蕙叫一个熟悉数据库的学生代自己开发，为此与赵才高、袁敬国闹得很不愉快。

李若蕙和赵沁芳坐火车到了北京，还有一个厉延芬明天自己来，培训地点在北京大学，培训方给赵沁芳厉延芬安排了住宿，却没给李若蕙安排，李若蕙自己找了一个小旅馆住下，上课了，老师是一个海归，专研图形学好几年，陆兴邦却对此人不以为然，陆兴邦现在在微软亚洲研究院工作，专门从事图形学方面的研究。下课后，李若蕙去拜访了他，陆兴邦很高兴，带李若蕙参观了研究院，后去川菜馆吃饭，好大的一盆水煮鱼，李若蕙吃得津津有味。

　　培训都是上午上课，下午讨论，讨论可以不参加，李若蕙下午就去了天安门、天坛、十三陵、雍王府等处游玩，过得不亦乐乎。

　　这日是培训最后一日，明天就要离开北京了，上午课后，厉延芬先回去了，下午，赵沁芳叫李若蕙陪她一起去电脑市场买优盘，李若蕙答应了，在电脑市场，李若蕙与赵沁芳紧挨着，看到赵沁芳穿着连衣裙，上凸下翘，有三十五岁少妇的风韵，李若蕙的下面硬了起来，碰着赵沁芳的屁股，赵沁芳没有退让，脸色也很自然，李若蕙心中一动。买完之后，赵沁芳要李若蕙一起回去去她宿舍，李若蕙突然想到应该去回谢陆兴邦，所以对赵沁芳说，晚上再去找她。

　　李若蕙见了陆兴邦，又去图书市场买了几本书，晚上到了赵沁芳那儿，赵沁芳拉上窗帘，锁上门，和李若蕙两人看起了电视剧，赵沁芳情意绵绵，李若蕙正想有所动作，手机响了，是章迎君打来的，问他明天什么时候到，她好去接他，赵沁芳和李若蕙的兴致没了，李若蕙回到旅馆，自己解决了。

　　第二日，两人回到了宁波，李若蕙回到育才

学院。

六十七

　　新的一学期开始了，李若蕙被夏厉山任命为软件教研室主任，袁显珠被任命为计算机系主任，高春美被任命为信息系主任，计算机系有四个教研室，硬件教研室，软件教研室，网络教研室和信息教研室。袁显珠是六十多岁的女老师，是外校退休返聘教授，数据结构造诣很深，能提携后辈，对王怡和李若蕙都很好。计算机系又来了几个新老师，有褚秋，刘华忠，崔成功，邬锐等，褚秋本科毕业，分配到实验中心，刘华忠，崔成功硕士毕业，刘华忠分在了软件教研室，崔成功分在了信息教研室，邬锐是海归博士后，也分在了信息教研室。

　　李若蕙请王怡、黄弄潮、郑芬、刘华忠等软件教研室的同事到向阳渔港吃饭，李若蕙说了几句请大家多多支持之类的话，大伙就开吃了，李若蕙心里高兴，吃到一醉，饭局结束，同事把他送回了育才学院。

　　这日，李若蕙在办公室备课，黄弄潮也在，

陆荣来了，找黄弄潮聊天，陆荣是女老师，长得不错，也是 99 年本科毕业与黄弄潮一起来育才学院的，两人关系不错，陆荣站在黄弄潮的身边，李若蕙抬头一看，刚好看到黄弄潮摸了一下陆荣的大腿，陆荣说了一句，你干什么，黄弄潮说，我想看你穿得多不多，李若蕙也没多理会，继续备课。

晚上，在育才学院家里，突然辛长城来访，辛长城四十多岁，管学生工作，与李若蕙关系不错，经常找李若蕙聊天，这次，他带了一盒茶叶，说是学生送的，给李若蕙送来了，李若蕙很高兴，让进屋里，辛长城说房子装修得不错，两人聊了起来，辛长城对李若蕙神秘地说，你知不知道，集团董事长许春芳女士跟她好友的儿子关系暧昧，现在提拔他当了团委书记，李若蕙听了，也没多在意，只打了一个哈哈。辛长城走了，章迎君回来了，李若蕙跟她提起辛长城说的事，章迎君说，有也不奇怪。李若蕙半信半疑，但发现从此许春芳女士就很少到学校来。

李若蕙发现夏厉山对王怡异常关心，夏厉山有一个漂亮的妻子，刚生了一个儿子，两人感情很好，在去大明山旅游的时候，李若蕙就感受得到，为什么他对王怡这么关心呢，以前的系主任程宣因为是他亲手招进来的缘故，对厉扬和王怡很好，这说得过去，但夏厉山为什么呢，王怡长相一般，但身材很好，有丰满的胸脯，凸出的屁股，就住在李若蕙对门，难道夏厉山看上她了，李若蕙把这个疑问告诉了章迎君，完了还说，莫不是他们有一腿？章迎君笑笑不语。

没想到第二天，李若蕙听到了一个消息，说夏厉山和妻子在办离婚，高春美在苦劝。结果婚还是离了，夏厉山和王怡结了婚。

夏厉山叫李若蕙申请省教育厅项目，李若蕙申报了一个《基于 JSP 技术的网上图书馆的研究》项目，几个月后，批下来了，有一万两千元科研经费，李若蕙很感谢夏厉山。

六十八

2004 年春，李若蕙还申报了市青年基金《面向科学与工程计算的网上实验室的研究》，要杨才生帮忙，杨才生复习一年考上军校，在军

117

校期间曾救起一个在湖中溺水的小孩，被誉为当代罗盛教，可谓前途无量，没想到因修炼法轮功，毕业后被分配到宁波市科技局，青年基金由市科技局管理，李若蕙请杨才生找主管的同事帮忙，杨才生一边帮忙，一边给李若蕙翻墙软件看法轮功网站，李若蕙对法轮功不感兴趣，对翻墙软件还有点兴趣，开始看国外的时事评论。后来，青年基金成功立项，经费有六万元，李若蕙请杨才生和同事吃了顿饭，表示感谢。

一日下午，李若蕙和章迎君去张隘她妈妈家，从育才学院站上了 102 路公交车，章迎君李若蕙往后排走去，章迎君看到座位上有一个塑料袋，就把它拿起放在了后排的座位上，自己则坐下了，李若蕙也坐下了，没想到这引起了塑料袋主人的不满，是母女俩，开始谩骂，后来竟开始动手打章迎君，李若蕙上前阻止，架住那年轻的，那年老的拔章迎君的头发，章迎君则回击，也拔那妇人的头发，突然那妇人倒地，说是心脏病发，那年轻的停手，要李若蕙他们去派出所，有一个旁观者说，这小伙子不错，你们还要怎样？那母女俩拉着李若蕙他们到了派出所，作了笔录，李若蕙还怕说不清楚，对笔录改了又改，还打电话给杨才生，叫他托人帮忙，后来那年轻妇人的丈夫过来，说是小事情，大家都不要计较了，派出所也不作处理，就此了事。章迎君的妈妈事后得知，说李若蕙胆子真小，杨才生也说应该先揍她们一顿，最低限度也应该把她们放倒在地，李若蕙没有辩解，大概有的人天生就是善良的。

李若蕙写起了论文，向各大刊物投稿，邬锐是个海归，有好几篇论文被 EI 收录，李若蕙就向他请教写论文的窍门，邬锐有问必答，给李若蕙给予悉心的指导，李若蕙的论文水平有了很大的提高，在各大期刊上发表了五篇论文，在中文核心期刊就有两篇，李若蕙很感谢邬锐，给他女儿买了好多礼物。

邬锐的妻子在加拿大，很喜欢那里的生活，不满丈夫回国任教，与邬锐闹起了离婚，而邬锐却忙着评教授，没时间去理会，邬锐的妻子就三天两头打电话闹，邬锐被她搞得心烦，决定回加拿大跟她离婚，邬锐回加拿大的那天，李若蕙去送他，劝他不要冲动，以和为贵，邬锐表示感谢，上了飞机，李若蕙依依不舍，很感念他曾经的帮助。

六十九

黄美香通知李若蕙，这星期六党员活动，李若蕙因为成教有课，推掉了，说请个假，没想到成教那边通知他，学生有事，星期六不用上课了。到了星期六那天，李若蕙也不去党员活动，也没上课，在家看起了DVD《钢琴家》，影片讲述了一个波兰犹太钢琴家在二战期间艰难生存的故事，李若蕙觉得真好看，很有思想价值和现实警示意义。后来得知，党员活动在某大浴场，李若蕙心想不去也罢。

学校就要进行本科评估了，学院要求老师对以往的教学材料进行整理修正，李若蕙这些年上了好多课，教学材料一大摞，看着堆积如山的试卷，李若蕙仔细检查着，看有没有疏漏的地方。系里则三天两头开会，袁显珠工作负责，就是年纪大了，显得有些啰嗦，李若蕙很有耐心地听着，生怕一个疏漏，对教研室工作造成影响。数据结构则申报了宁波市教学成果奖，袁显珠把李若蕙排在了第三位，后来得到了宁波市教学成果一等奖，袁显珠李若蕙和成员们很是高兴，去饭店吃了一顿，好好庆祝了一下。

学校评选了教学名师奖和教学新锐奖，李若蕙和王怡获得了教学新锐奖，这都是袁显珠的功劳，李若蕙很感谢，教学新锐奖有五千元奖金，李若蕙觉得学校很重视教学，不错。

这日，李若蕙听到了一个不好的消息，高岳的舅舅患心脏病死了，袁显珠显得很吃惊。还是在卧龙村的时候，住对门的高岳曾对李若蕙说，要多顾家，李若蕙觉得高岳一家都是好人。没想到就因这句话，得罪了李中生，先治死了高岳的舅舅，再让单桂芳的妈妈得中风，还把高岳关进了精神病院，当政治犯一样对待，只留下单桂芳一人悲伤地过着，这一切李若蕙都不知道，李若蕙只对高岳的舅舅表示了同情，觉得他英年早逝，实在可惜。

家里有个DVD，李若蕙到双休日一有空闲，就去市区购DVD碟片，李若蕙很喜欢城隍庙的那家，有好多碟片，经典的影片，最新的大片，应有尽有，李若蕙淘了《夺宝奇兵》系列，《荒野大镖客》系列，《超人》系列，还有《日瓦格医生》，《阿甘正传》，《肖申克的救赎》，《美国往事》，《低俗小说》，《七武士》等等都是精彩好看的影片，有时还有《蜜桃成熟时》，《卿本佳人》等香港三级片，李若蕙也买了，晚上得空的时候，李若蕙就看起了好看的碟片，有天晚上，李若蕙正与章迎君睡在客厅，看《美国往事》，突然学生造访，李若蕙匆匆收拾，迎学生进门，原来学生要李若蕙给他们做些课题开发，李若蕙就申报了一个《离散数学网络辅助教学系统的开发》教学项目，给学生们做，学生们做得很卖力，李若蕙给他们每人发了几百块劳务费，学生们很开心，既学到了东西，又得到了实惠。

七十

一个星期六上午，李若蕙在城隍庙淘碟，手机响了，是章迎君打电话来，叫李若蕙去张隘她妈家吃中饭，李若蕙看时间差不多，就赶去了。坐上 357 公交车，李若蕙看到一个很像他的人，穿着风衣，在猥亵女乘客，李若蕙的心也动了，那人下车了，李若蕙也找了一个漂亮的姑娘，摸她的屁股沟。到了张隘，草草吃了中饭，李若蕙对章迎君说，还有几张碟要去买一下，李若蕙又上了 357 公交车去市区，李若蕙看到一个很漂亮的姑娘，身材也好，前凸后翘，那姑娘却是反站着，背向车窗，李若蕙靠过去，与她贴面站着，李若蕙硬邦邦的下面顶着那姑娘柔软的小腹，那姑娘凑着李若蕙，李若蕙感觉到那姑娘硬邦邦的阴阜，柔软的乳房，李若蕙魂飞神外，完全无视别人的存在。车上却还有一个人，就是申晓云。申晓云大学毕业后，就随男友到宁波工作，这次看到李若蕙在车上这个丑样，心想当初不跟他交往是对的，申晓云下车了，到了城隍庙，李若蕙也下车了。

这日学校老师体检，李若蕙在医务室看到了程爱菊，一个万向集团的旧同事，浙大中文系毕业，从集团调到公司办公室，李若蕙心中一惊，只见程爱菊跟他打招呼，李若蕙与她寒暄了几句，知道她到了文传学院，互留了手机号码，程爱菊走了，李若蕙却在想自己在萧山精神病院住过院的事情，她会不会告诉别人，自此心中有了心病，常常担心，学生拍毕业照，李若蕙也没去，害怕照片上的自己被人认出原来以前在精神病院住过院。

借着学生拍毕业照，这次学院老师也拍起了集体照，地点在图书馆大厅，四十多名老师穿着学校工作西服整整齐齐地或坐或站，摄影师在前面准备着，有两个学生过来了，看到老师在拍集体照，也拿出照相机，对着老师照了起来，自从遇到程爱菊之后，李若蕙对拍照有点害怕，看到学生照，不自觉地打起了哆嗦，摄影师举起手势，大喊了"一、二、三"，说着按下快门，当摄影师喊到"三"的时候，李若蕙心中突然极度害怕，脸上一阵痉挛，李若蕙觉得那样子有如鬼怪，不成人样。

学校开大会，李若蕙参加，黄美香请李若蕙坐在了董事长的后面，摄影师、摄像师对着许春芳不停地照，对着镜头，李若蕙的脸还是不自觉的颤动。李若蕙觉得自己患上了拍照恐惧症，过了好长一段时间才逐渐消除。

七十一

　　这天是星期六，晚上李若蕙与章迎君就睡在张隘章家村章迎君的妈妈家，李若蕙心神不宁，翻来覆去睡不着，想着应海燕，应海燕是软件教研室的老师，是副教授，她丈夫是文传学院院长，李若蕙对她很尊敬，应海燕三十五岁，有高耸诱人的胸脯，肥大性感的屁股，李若蕙想要是与她同坐一趟公交车就好了，那时可以摸她性感的屁股，正想到美处，突然听到一声轻轻的咳嗽，那是章迎君的妈妈褚幼娥在咳嗽，李若蕙也没在意，心想可能是她感冒了，继续想应海燕，摸到她的屁股沟底部，又传来一声轻微的咳嗽，李若蕙不大自然，睡了。半夜李若蕙发现褚幼娥在给他们盖被子，手有意无意地碰着了他的身体，李若蕙想到章迎君曾跟他说过，说她妈妈很年轻，和她一起走在马路上，别人都说是两姐妹，李若蕙的心思活了，想褚幼娥是不是在对他示意，转念又想到，褚幼娥是他岳母，年纪又大，怎么行呢，这时李中生命人用脑电波控制仪给李若蕙写入了一个念头，李若蕙脑子里突然冒出一个念头，总比手淫强，李若蕙再也睡不着，心猿意马了一夜。

　　第二日，李若蕙、章迎君和褚幼娥回到育才学院，下午，章迎君去幼儿园教珠心算，李若蕙和褚幼娥呆在家里，在卧室，李若蕙放起了《蜜桃成熟时》DVD，褚幼娥烤了土豆端过来给李若蕙吃，李若蕙正躺在床上，褚幼娥放下土豆，李若蕙就去拉褚幼娥的手，想把她拉到床上，褚幼娥笑着阻止了他，李若蕙清醒，不再动作，这一切都被李中生安装的针孔摄像头拍了下来，李中生淫笑。晚上，章迎君过来，对李若蕙说，妈妈说你请她看DVD，对她真好，李若蕙不可置否。

　　裘君蝶过来了，裘君蝶在浙江林学院念大一，暑假到了表姐家玩，晚上打着空调，与章迎君李若蕙一起睡在书房地上，裘君蝶很漂亮，李若蕙心如撞鹿，半夜等裘君蝶睡着了，把手伸过去摸她的乳房，柔软有弹性，李若蕙不知足，又去摸她的阴部，裘君蝶把被单盖上了，李若蕙就把空调关了，过了一会儿，裘君蝶感到热，又把被单拉下了，李若蕙又去摸她的阴部，同时打开了空调，裘君蝶又把被单盖上了，李若蕙又关了空调，如是三五次，裘君蝶惊醒，到客房睡了，李若蕙感到无趣，这一切也被红外针孔摄像机拍了下来。

自从看到李若蕙在网上仿虞美人骂中国电信，江泽民一直很生气，这次派他的孙子江虚心到了育才学院，分在软件教研室，新学期排课的时候，系主任叫李若蕙排，李若蕙给江虚心排了一门计算方法课，江虚心说不想上，李若蕙说谁不是上新课开始，不信你问问郑芬，郑芬笑笑不言，后来系主任给江虚心换了一门课，现在系主任已经换了厉延芬老师，厉延芬对江虚心非常客气，李若蕙心中有点奇怪。

李若蕙上网大论坛发了一个帖子，各大学的三位著名校友，浙大：陈独秀，王淦昌，李政道；上海交大：江泽民，钱学森，吴文俊，顿时网上叫骂嘎然而止。

看到江虚心在育才学院，李瑞环，曾庆红纷纷来访，许春芳脸上感到很光彩。

七十二

李若蕙去了李家村，给侄子李劲风买了一个

127

遥控船，何镜月很高兴，带着儿子去村子的溪坑玩，李劲风还不会玩遥控船，李若蕙就操作起来，看到船在水面上来来去去，李劲风很开心。

2005 年 11 月，李若蕙评上副教授了，手握九篇论文和两个省市级项目，李若蕙以全票通过评上了副教授，同事们都来祝贺他，李若蕙一一表示感谢。

学院举行秋游活动，去无锡旅游，李若蕙也去了，同行的一共有三四十人，车上李若蕙说起金庸小说《射雕英雄传》的郭靖和黄蓉，借用黄蓉对郭靖说的话，李若蕙说道，捏两个泥人，一个是你，一个是我，把它们揉碎了，重新捏一个你，一个我，那么你中有我，我中有你，夏厉山听了，冲着李若蕙神秘地一笑，李若蕙觉得有点心虚，心想不知道哪儿说错了，触动了夏厉山的神经。

金庸修改他的武侠小说了，出了世纪新修版，李若蕙觉得改得乱七八糟，心想金庸是不是老糊涂了，他哪里知道，这也是李中生的主意，把李若蕙喜欢的原有结局改得乱七八糟，使李若蕙在各大论坛论武时不再理直气壮。

春节，李若蕙小姨妈家的两个表妹来拜年，其中小表妹说起经过她们学校的公交车很挤，李若蕙听进去了，春节过后，就去那路公交车上挤，没想到人异常拥挤，李若蕙的前面站着一个女的，四十岁左右，长得也不算好看，李若蕙没有兴趣，想挤到车后去，没想到人群像钉子一样纹丝不动，李若蕙挤不过去，李若蕙欲壑难填，把硬邦邦的下面往那女的屁股靠，到站了，那女的下车了，和站在后面的丈夫一起下车了，李若蕙看到了一张极其丑陋的脸，李若蕙觉得非常不自在，并且想到这一对可能是邻村的出名的丑夫妻，李若蕙浑身起了鸡皮疙瘩。

李若蕙想着应海燕，到了育才学院附近的公交车站，这天是星期六，学生很多，李若蕙上了363路公交车，打算去电脑市场，车上他看到了崔成功的妻姐，李若蕙认识，跟她打了招呼，站到了她的身边，崔成功的妻姐说不上好看，也不算难看，李若蕙幻想中的应海燕出现了，李若蕙把她当成了应海燕，开始去摸她的屁股沟，崔成功的妻姐没有反应，李若蕙的右手拉着扶手，左手拿着公文包，李若蕙想拿公文包的手带，这样就可以深入崔成功妻姐的屁股沟底部，但李若蕙又不想动右手，怕崔成功妻姐惊觉，费了九牛二虎之力，李若蕙左手拿到了手带，开始深入抚摸崔成功妻姐的屁股沟底部，崔成功的妻姐任由李若蕙摸着，只是到李若蕙到站的时候，才装出应有的愤怒看了李若蕙一眼，李若蕙心里没底，对崔成功感到一丝内疚。

没多久，李若蕙感到世上的人都在笑他，舅妈和表弟，姑姑和姑丈，章迎君的姨爹和他儿子都是不怀好意的怪笑，李若蕙如坐针毡，问章迎君别人在笑他什么，章迎君被他逼问不过，发起脾气，李若蕙才停止追问。李若蕙到了李家村，看到侄子李劲风，李劲风没有往日对李若蕙的亲昵，也不叫大伯伯了，一副如小鹿般担惊受怕的神情，看着李若蕙，李若蕙感到很难过。看到此情景，李中生的心里乐开了花，江泽民也觉得出了一口气，江虚心离开了育才学院。

七十三

李若蕙辞去了软件教研室主任，夏厉山叫李

若蕙负责 ACM 程序设计竞赛培训，李若蕙找了郭跃，华道，王怡，陆荣这四个老师一起参与，郭跃北京大学数学系博士毕业，对算法有很深的造诣，华道是李若蕙的学生，算法学得不错，跟李若蕙做了好几个项目，王怡数据结构不错，陆荣英语很好，四人各有所长，与李若蕙一起去了浙大负责人员培训，浙大的陈怡，上海交大的何劲给予了指导，课后，李若蕙与陈怡、何劲一桌吃饭，李若蕙夸夸其谈，对浙大的数模，上海交大的 ACM 赞不绝口，何劲听了很受用，但陈怡脸上却不大自然。

培训了三天，回来了，华道与陆荣并排坐着，见到李若蕙过来，华道把座位让给了李若蕙坐，李若蕙的臂膀挨着陆荣的臂膀，不敢有所动作。

关于别人的笑，李若蕙想实了，不就是这三四件事吗，不去理会就行了，但有时看到好友、学生的笑，李若蕙还是很不舒服。李若蕙想到买辆车，章迎君的驾照已经考出了，买辆车，扫扫霉气，李若蕙买了一辆飞度车，九万多元，大部分钱李若蕙用信用卡垫着，章迎君开着车，带着李若蕙兜风，李若蕙的心情好了一点，同事们的目光也温和了一点。

有了车就要开，章迎君带着李若蕙去东钱湖，李若蕙很喜欢湖边那条幽静的小路，李若蕙喜欢静静的看着湖面上的微波荡漾，目光及远，湖天一色，以前李若蕙隔几个星期总是骑着电瓶车去，现在有车更方便了，章迎君李若蕙去了溪口，这次又去了绍兴，在绍兴旅馆，李若蕙给章迎君照相，感到了章迎君的笑，李若蕙问她在笑什么，章迎君说没笑，你看错了，李若蕙也就作罢。自从今年暑假，获奖老师去云南旅游回来，李若蕙感到章迎君没有像以前那样腻着他，表现有些冷淡，李若蕙也不知道其中的原因。在绍兴还算玩得愉快。

李若蕙在编《大学计算机基础 20 讲》，李若蕙负责"编码的奥秘"和"数据库技术"两章，编好之后给郭跃老师送了一本，郭跃老师也上这门课，李若蕙到了郭跃老师的家，只见郭跃老师的妻子很漂亮，待人又彬彬有礼，李若蕙与她四目相对，感到彼此都欣赏对方，李若蕙把书给了郭跃老师，就告辞了。

李若蕙还和科研处的袁延生很好，这几年，李若蕙做了几个科研项目，经常与袁延生接触，袁延生不仅对李若蕙的科研水平，而且对他的为人感到欣赏。

七十四

2006 年年底，章迎君怀孕了，住了市中医院保胎，看到许多人不怀好意的古怪笑容，李若蕙觉得这个小孩可能不是他的，李若蕙心情郁闷，开始玩起了百家乐，从鳄鱼大象到奔驰宝马，在短短几个月就输了三万块，用宁波银行白领通垫着。

李若蕙也学起了车，托熟人介绍了一个师傅，在师傅的指导下，李若蕙开车技术不错，一次性通过了桩考路考，领到了驾照，带章迎君去了一趟跨海大桥，在车上，李若蕙又问起别人在笑什么，章迎君大发雷霆，头撞车架，说根本就没有，是你多心，李若蕙罢手。

李若蕙想过去的事情就让它过去吧，现在老婆怀孕了，应该好好照顾她，等小孩生下来再做打算，于是和章迎君两人去了普陀，晚上去了百步沙、千步沙，白天李若蕙去游玩，章迎君呆在旅馆，等李若蕙回来，说胎儿在踢她，你的女儿以后一定很调皮，李若蕙他们已经知道是女儿了。

教师公寓的房产证办下来了，没有土地证，李若蕙付了八万元尾款，拿到了房产证，这八万块李若蕙也是用白领通垫着。

李若蕙开车去了梅岙村，儿时的海带场带给了李若蕙许多快乐，李若蕙想重温那段时光，无奈潮涨，过不去海带场，在海边逗留了一个小时，李若蕙回到了育才学院。

妻子怀孕，李若蕙不想碰她，怕影响胎儿，李若蕙去了足浴店。李若蕙不喜欢明刀明枪的上来就干，一怕脏，二还没这么开放，李若蕙喜欢有点情调半遮半掩欲推还就的那种女孩，相互抚摸着，有时加点润滑剂，李若蕙感到很满足。

2007 年 9 月 28 日，女儿剖腹产出生，李若蕙给她取名为李宁，一有宁波，二有安宁的意思，李若蕙等在外面，生完出来后那男护士不怀好意的笑容，就像一根针把李若蕙的心给扎了一下，李若蕙抱起女儿，觉得有点像他，心安稳了一些，同事们和章迎君的朋友们都来看她，无不恣意大笑，李若蕙那心中的难过，无法用语言来形容。

在医院住了一个星期，李若蕙把章迎君母女接回了家，路上，李若蕙遇到章晓，章晓问李若蕙女儿像不像他，李若蕙说很像。李若蕙请了一个月嫂照顾，李若蕙的同事过来看望，对李若蕙留下一个意味深长的微笑。

七十五

在路上，李若蕙看到的都是别人的坏笑，李若蕙越发认定这个女儿不是他亲生的，李若蕙与章迎君闹起了离婚，李若蕙买了一个录音笔，放在隐蔽的地方，章迎君和她父亲的谈话并没有可疑的地方，李若蕙把录音笔随身带着，上课的时候竟响了，李若蕙手忙脚乱，好不容易才关了录音笔，学生们没有反应。

李若蕙闹离婚的事给杨才生知道了，问明了离婚的原委，杨才生说小孩是不是你的可以照时

135

间推算出来，李若蕙觉得是废话。一日，李若蕙又与章迎君争吵，褚幼娥在一边说像你这样一个男人怎么能生的出呢，李若蕙一听，正想质问这话什么意思，只见章迎君抱住褚幼娥，两人放声痛哭，李若蕙也就算了。

2007 年 12 月，李若蕙与章迎君去民政局办了离婚，李若蕙把车给了章迎君，每个月给女儿抚养费 800 元，一直到 18 周岁，李若蕙还给章迎君补偿了八万元，房子归李若蕙，债务由李若蕙承担，以后的生活会怎样，李若蕙没底。

李若蕙开始去各大足浴店，感觉到了有人跟踪，李若蕙的母亲叫李若蕙的小姨丈，表哥，李若竹胁迫着李若蕙去了趟康宁医院，也就是精神病院看医生，配了点药，李若蕙想想母亲可能也是被逼的，她也是为自己好，也就不怪责母亲。

2008 年春节晚会，李若蕙本来在看六套的《虎口脱险》，没想到中途停播，李若蕙看起了春晚，看到了军嫂上岛，李若蕙觉得节目下流，在影射自己，顿时感到非常害怕，中央电视台都出动迫害自己，对头一定是个极厉害的人物，为保存生命，李若蕙同意进康宁医院住院。

　　父母小姨妈送李若蕙到了康宁医院，住了干部病房，章迎君抱着女儿过来了，李若蕙看到女儿认识他，心里一丝安慰，王丰华和邹树岳也来了，先要做一个全身CT，邹树岳陪着李若蕙到了CT室，医生是个跛子，给李若蕙照了长达四十分钟的全身CT，在照的过程中，李若蕙一再催促，那医生叫李若蕙从一数到一百，说数完就停止，李若蕙数了不知多少个一百，还未停止，李若蕙心中极度害怕，那医生说你又没有痛楚，不用害怕，李若蕙也不知道以后会怎么样，终于结束了，李若蕙面如死灰，回到了干部病房。

　　章迎君走了，王丰华对李若蕙说，宁波银行的钱不用担心，与邹树岳一起走了。

　　病房里只剩下李若蕙和父母三个人，李中生命人给李若蕙写入了一个念头，李若蕙突然冒出一个念头，与母亲乱伦，就在这里，李若蕙魂飞魄散，决心一死，父亲好像知道李若蕙的想法，叫母亲出去，李若蕙身子如炮弹一般弹向窗户，李若蕙想跳楼自尽，没想到窗户玻璃是钢化玻璃，坚硬无比，李若蕙没有撞破，脖子却挫伤了。

李若蕙的父母把李若蕙送进了普通病房，与其他精神病人一起关了，李若蕙父母也回去了。

七十六

医生为防止李若蕙再次自杀，把李若蕙绑了起来，李若蕙人不能动，很难受，只在小便的时候才得以松绑，李若蕙脖子的伤有病友给他贴膏药，医生给李若蕙做了脑电休克，李若蕙的心理有了好转，不想自杀了，但同时李若蕙忘记了以前的好多事情，医生给李若蕙松绑了，李若蕙的手脚恢复了自由，李若蕙发现小便处流出了几个黄色的小蝌蚪状的东西，李若蕙觉得出了问题，开始手淫，没想到一滴精液也没有，李若蕙感到问题严重，李若蕙那时还不知道四十分钟的全身CT 把他的精母细胞全都杀死了，李若蕙闷闷不乐。

李若蕙发现有三个很像他大学同学的人，一个像唐越山，一个像袁重才，一个像童和，那个像唐越山的整天手舞足蹈，吓唬李若蕙，李若蕙却看到过他对他妈凝重的表情，知道他不是真疯，也就不感到害怕。

每天散步，去活动室，过了两个月，李若蕙出院了，李若蕙的心头有时会十分突突动，要吃颗录硝安定才能平静下来，李若蕙感到很痛苦。王丰华给李若蕙还了到期的宁波银行十三万款项，李若蕙的好友给集了资。

邬莹死了，因不满李中生对李若蕙的迫害，被李中生用心肌炎治死了，同学们都去送殡，这些李若蕙都不知道，后来邹树岳来看他，说邬莹病逝，听到此讯，李若蕙心里很难过。

李若蕙感到别人已经不再笑他了。汶川大地震，十万人死亡，李若蕙感到很伤心。

陆兴邦请李若蕙去杭州玩，李若蕙去了，陆兴邦请李若蕙一起去了西溪湿地，到玉泉校区吃了晚饭，第二天，李若蕙回来了，陆兴邦给李若蕙买了高速大巴车票，到那个点，李若蕙坐公交车去汽车东站，在车上，李若蕙看到人多，老毛病犯了，又去摸了女乘客的屁股沟。

李若蕙查到精母细胞是生产精子的，自己的精母细胞没了，就不能生产精子了，以后就再也不能生儿育女了，李若蕙悲痛欲绝，对父亲说起此事，掩饰不住内心的悲伤，父亲却说李若蕙瞎担心，要把李若蕙再次送进康宁医院，后来医院说病人住满了，李若蕙才没进去，李若蕙对父亲的行为感到无奈，心想父亲可能也是被人逼的。

李若龙结婚了，李全如得了肺癌，说是吸了一口别人喷出来的烟，没多久，李全如去世，李若蕙心想是自己连累了大阿叔，心中很难过，其实却是李中生开始着手对付李文瀚的其他子孙们。

李若蕙认为自己根本没病，于是不再吃药，母亲和弟弟把他骗到了康宁医院，说听听医生的意见，一到医院，就把李若蕙关了起来，李若蕙第二次住院，心头突突动变成慌慌动，还是很难受，要吃一颗劳拉安定才能平静，又住了两个月，李若蕙出院。

李若蕙继续上课，但多媒体教室喇叭声音被调小，学生们听不到，夏厉山说李若蕙的嗓子有问题，给他停了课，说工资照发，李若蕙没有办法，只得接受。

七十七

　　李若蕙没有工作两年，到了 2011 年 9 月，李若竹要李若蕙帮他卖蔬菜，李若蕙想想不对，找夏厉山要工作，夏厉山把李若蕙分到了实验中心，李若蕙管起了机房。

　　李若蕙的心头慌慌动变成了胸闷，有点烦躁，有点坐立不安，有的有点过分担忧，有点胡思乱想，芝麻大的事情会变得像天大的一样，让人很难受，李若蕙认为这是一种急性焦虑症，只是第一次发作的时候正好胸闷，李若蕙就叫它胸闷了。其实是李中生命人用脑电波控制仪控制的结果。

　　姑姑李静玉得了脑癌，有一次跟一个妇人打架，被那妇人打到脑部，李静玉就做 CT 检查，没想到得了脑癌，李静玉的媳妇生了一个儿子，没多久，李静玉去世，李若蕙去拜祭送殡，感念姑姑的好，心里很悲伤。

　　李若雪考上了浙江林业大学，办了五桌大学酒，李若蕙也去吃了，要李若雪好好学习。

　　同一年，李若蕙的奶奶去世，李若蕙的伯伯李全吉问李若蕙借两千块钱，李若蕙信用卡透支，给了李全吉，没想到过了没多久，李全吉也患脑癌去世，李若蕙一直认为是自己被人迫害，连累了叔叔伯伯他们。

2014 年，女儿李宁上小学了，章迎君叫李若蕙去开家长会，李若蕙去了。对于这个女儿，李若蕙开始并不喜欢，后来在母亲的怂恿下，才第一次去章家村看女儿，女儿才四岁，看到爸爸来了，很高兴，晚上与李若蕙睡在一头，半夜却被褚幼娥抱走，第二日一早，对李若蕙就充满了敌意，李若蕙心想这准是她外婆告诉她他不是她亲生爸爸。

李宁的身体不是很好，经常生病住院挂盐水，一次挂盐水的时候，开始还对李若蕙好好的，她母亲带她出去了一趟之后，就要李若蕙唱歌，李若蕙不敢忤逆她的意思，唱起了歌，李宁要李若蕙唱大声一点，李若蕙就把声音提高了，旁边的一个病友笑了，李宁要李若蕙再大声一点，李若蕙本想对她说，你已经长大了，该懂事了，不能这么没礼貌，没想到说出来的却是，你以为你很厉害，我是看你生病，才让着你，李宁恶狠狠地瞪着李若蕙，章迎君来了，把她带走了。

私下里，没有外人的时候，李宁却对李若蕙很亲昵，一会儿叫他讲故事，一会儿叫他一起玩游戏，李若蕙给她讲了《最后的常春藤叶》，《项链》，《麦琪的礼物》等故事，李宁说很好听。

七十八

李若蕙带着女儿参加国际象棋培训，一次在公交车，明明还有四五个站才到，没想到第二个站就到了，李若蕙感到被人下了迷药，告诫女儿在人多的地方不要去，人少的地方也不要去，其实李若蕙还是被脑电波控制仪控制了，只是这次让李若蕙知道被人做了手脚，让李若蕙感到害怕。

女儿的国际象棋比赛得了区冠军，李若蕙很高兴，在朋友圈发了李宁领奖的照片，朋友圈一片点赞。

李若蕙去饭店吃饭，炒两个菜，没想到只过了一分钟，两盘菜就都端上来了，后面坐着的人无故消失了，有人来饭店拷摄像头视频文件，李若蕙觉得被人下了迷药，心里很害怕，害怕中迷药的时候，自己不知做了什么不应该做的事，说了什么不应该说的话，李若蕙就这样终日惶惶不安。

李若蕙还不知道自己为何受到迫害，认为可能是网大上得罪了人，抑或是公交车上猥亵女乘客被人报复，李若蕙开始忏悔，决定向崔成功妻姐道歉，虽然这可能会丢掉工作，或者是名誉扫地，但李若蕙还是打电话给崔成功妻姐，向她道了歉，李若蕙心里轻松了，这已经是 2016 年的事情了，李若蕙决定自杀谢罪，试了跳高教园区公园的小湖，水还未过腰，想跳教学楼五楼，一想到惨不忍睹的死样，又不敢，最后，李若蕙决定上吊自杀，在学校操场的架子上，李若蕙拉好了绳子，一狠心，头套了进去，没想到一下子就掉了下来，原来电视里放的绳子是不会吊死人的，李若蕙回到了家里，心想死也这么难。

李若蕙的二姨妈得肺病了，李若蕙去看她，给了二姨丈五百块钱，没过多久，母亲打电话来，说二姨妈去世了，李若蕙又来到了李家村。

拜祭的时候，送殡的时候，有人笑着，有人

哭着，李若蕙觉得二姨妈没死，只不过是要他过来出洋相，村里人那看李若蕙无限同情的眼神，父亲哀痛的神情，李若蕙深深觉得自己受虐了，灵光一闪，脑子冒出了无数念头，从亲人们的死，从女儿的表现，从认识章迎君，萧山的工作，大学的生活，一切都被人安排了，操纵了，李若蕙追到了邢阔的同学，会不会是他在迫害，李若蕙联系了邢阔，托他向那同学道歉。

李若蕙回到了育才学院，感到自己屁股沟湿湿的，用手一碰一闻，有股精液的气味，李若蕙感到无比愤怒，在微信朋友圈发了以下信息：今天我感到屁股沟湿湿的，拿手一碰一闻，有股精液的气味，怎么会有这么一帮畜生不如的东西，中国出了它们真是不幸。

七十九

李中生对李若蕙的迫害开始变本加厉了，历数几个：

第一个就是李若蕙十次外出，不管是在道路上行走还是坐着出租车，有九次发现迎面而来的车辆大多数都开着灯，在大白天太阳当空照的情况下开着灯，不是一辆二辆，而是连续的十几辆，李若蕙觉得很烦。

第二个就是有一阵在家里李若蕙十次上卫生间，有九次楼上在放水，李若蕙感到很烦。

第三个就是李若蕙在外面走想到哪儿去的时候，前面总有一个人在走，也去李若蕙想去的地方，比如说李若蕙想去超市，前面的那个人就比李若蕙早一步到超市，十次有九次是这样。

第四个就是有一阵骚扰电话总是在李若蕙吃饭的时候打来，有一次李若蕙接了，是个做保险的，李若蕙就问："你怎么总是在我吃饭的时候打来？"那人答道："是巧合吧。"李若蕙说："一次二次是巧合，三次四次就不是巧合了，你怎么知道我正在吃饭。"对方笑笑，不可置否。

第五个就是最近在家里李若蕙每次心念一动，有内心柔软处，想好事情的时候，总有声音来打扰，搞得李若蕙烦不胜烦，心想他们怎么会知道我的想法，李若蕙为此去网上查了有关资料，被他查到了脑电波控制仪，以前的疑问都解除了。

第六个就是李若蕙心爱的图书总是无缘无故地起了折痕。

时间到了 2017 年，李若蕙在街上当众手淫和被操屁股的事传遍了宁波，江北一小区住户更是愤愤不平，强烈谴责李中生这种畜生行径，李中生很生气，命人炸了那小区，这就是惨烈的宁波大爆炸，当时清晨，李若蕙听到了气浪，开始还以为耳朵又是畜生在搞鬼，后来看新闻，才知江北发生了大爆炸，李若蕙很悲痛。

金庸死了，霍金死了，李咏死了，郭跃的妻子死了，袁延生死了，四十万泉港人在无声中消逝，李若蕙不知道这几件事情有没有关联，有一次，李若蕙发现母亲躲在小房间里偷偷地哭，李若蕙内心在滴血。

李卫东的父亲死了，母亲去送殡，没想到住院了，李若蕙去看她，小姨妈也在，母亲依依不舍的眼神，欲说还休的神情，很震动李若蕙的内心。

过了几天，母亲要李若蕙到康宁医院住院，李若蕙不想忤逆，答应了，李若蕙又住进了康宁医院。

八十

　　这次在康宁医院，可以带手机，李若蕙看《猩球崛起》，在微信朋友圈发了"畜生像人，人像畜生，中国现在是畜生当道，大家要小心一点。"

　　在康宁医院的特工们看了后大为生气，一个说要对付李若蕙的父亲，另一个说，李若蕙的母亲已经自杀了，这个母亲是东厂的，宁波的几千人也被他连累了，这一切都被迷迷糊糊的李若蕙听在耳里，亲生母亲竟已经自杀了，李若蕙情难自禁，心中的悲痛难以用语言形容，这个容貌一样的母亲竟是东厂特工易容假扮的，李若蕙很憎恶，宁波被连累的几千人李若蕙想可能指的是去年的宁波大爆炸，想到一家三口爸爸妈妈和可爱的上幼儿园的女儿在清晨的睡梦中被炸死，李若蕙感到深深地内疚。李若蕙看到了一个很像他父亲的人，有一个很像他大姑姑的人陪着，李若蕙总觉得那很像他大姑姑的人的眼神意味深长，心想这个人会不会是我父亲，于是认了这个人做干爸爸，说会好好照顾他，那很像他大姑姑的人显得很高兴，后来李若蕙脑电休，根本不知道发生的事，但心里始终记挂着干爸爸。等李若蕙清醒的时候，干爸爸已经不见了。

李若蕙看到了李中生，李中生也在康宁医院，想亲眼看李若蕙受折磨，李若蕙不知道李中生，但想到这个可能是迫害他的人，于是李若蕙走到李中生身边，说："中国现在是畜生当道，大家要小心一点。"李中生气得咬牙切齿，当晚就中风了，回到了北京，他的职位由他的儿子李初生继任，李初生生在正月初一，于是李中生给他起了这个名字，李初生的变态程度比李中生有过之而无不及。李若蕙要承受下一波惨无人道的折磨。

李若蕙出院了，2018 学年新学期开始了，李若蕙也上了一门数据库课，讲课很轻松，只是有时要胸闷，比死还难受，李若蕙苦不堪言。

李若蕙又买了车，李若蕙开车的时候，正在绿灯通行的时候，前面总有车突然慢下来，赶上李若蕙正好绿灯变红灯，李若蕙只得停下来，这发生了好多次，李若蕙很无奈。

对李若蕙的迫害还在继续，李若蕙的事迹传遍了大江南北，全国人民都在谴责李中生父子畜生的行径，江苏人民更是义愤填膺，要去北京请愿，要求撤下李中生父子，李初生就制造了江苏大爆炸，以杀鸡儆猴。

习近平，李克强觉得无趣，有退下来的意思，李中生父子不同意，习近平，李克强只好继续当着，但已经意兴阑珊了。

香港举行反送中游行了，李若蕙在网上给予了支持，对美国特朗普取消 TPP，李若蕙一直耿耿于怀，认为这次大选被中共操纵了。

八十一

李初生对李若蕙的迫害更加变态，他命人用脑电波控制仪一刻不停地监控着李若蕙，李若蕙对数字 48 感到害怕，因为这是死爸的谐音，李初生就控制李若蕙看时间的时候总是看到 48 分。李若蕙曾对岳母意图不轨，李初生就用数字 27 来羞辱他，买东西价格总是 27 元，骚扰电话的号码总有 27 两个数字，27 号的时候就让李若蕙胸闷，李若蕙感到快崩溃了。

李若蕙的阴茎短小，李初生就用数字 26 来羞辱他，李若蕙的手机号码就有 26 两个数字，保险箱密码也有 26 两个数字，这还不够，李若蕙外出的时候，就叫人抱着婴儿等在李若蕙要经过的地方，用脑电波控制仪控制李若蕙脱下裤子，和婴儿比大小，楼下的萧五行就经常抱着儿子跟李若蕙打招呼，李若蕙很厌恶。在李若蕙外出的时候，还经常看到有人牵着小狗在李若蕙面前晃悠，李若蕙也很讨厌。

李若蕙在微信高中同学群、大学同学群、学院群，发了"中国现在是畜生当道，大家要小心一点，这畜生只有我可以骂他，你们可千万不要骂他，因为这畜生很早以前就开始迫害我，弄我，我跟他处于战争状态，这畜生以畜生的兽性和变态折磨我，我则给他狠狠地回击，就是操他娘。"群里静寂无声，虽然内心对李若蕙很同情，但谁也不敢有所表示。

李若蕙的遭遇传遍了神州大地，全国人民对李中生父子的谴责一浪高过一浪，李初生就制造了新冠病毒，对反对者实施迫害，整整持续了三年。

在这三年里，李若蕙写起了小说，那天看莫泊桑小说冒出一个念头，自己也可以试着写写，于是写了一篇《阿霞》来纪念李秋霞，发给刘朝辉看了，刘朝辉说写得不错，李若蕙就写下去了，陆续写了《难忘的旅行》《一尊小金佛》等短篇小说，成册出版，后为了向金庸致敬，又写了武侠小说《侠行记》，在香港出版，被评论家认为达到了金庸中等偏上作品水平，李若蕙加入了区作家协会，在协会主席的鼓励下，说可以以旁观者的身份写自己的经历，李若蕙就开始写关于自己一生的小说《缘起李家村》，李若蕙认为可能是自己的爷爷得罪了什么人，父亲、母亲、弟弟、堂姐堂兄堂妹们都已经被那畜生害死了，自己一个人孤零零地活在世上也没什么意思，想写完了《缘起李家村》，就去天国陪父亲和母亲。

李若蕙至今还在写着。

（全文完）